大自然只对有心停下来倾听的人展示他不为人知的一面。

——[法]罗朗·古内尔

山中岁时

项丽敏 著

黄山书社

图书在版编目（CIP）数据

山中岁时 / 项丽敏著 . -- 合肥：黄山书社，
2019.10
（慢活书系）
ISBN 978-7-5461-8486-9
Ⅰ . ①山… Ⅱ . ①项… Ⅲ . ①散文集 - 中国 - 当代
Ⅳ . ① I267

中国版本图书馆 CIP 数据核字（2019）第 227935 号

山　中　岁　时
SHANZHONG SUISHI

项丽敏　著

出 品 人　贾兴权
策　　划　张月阳
责任编辑　张月阳
封面题字　杜鹏飞
封面摄影　翟林生
装帧设计　私书坊 _ 刘　俊
出版发行　时代出版传媒股份有限公司（http://www.press-mart.com）
　　　　　黄山书社（http://www.hspress.cn）
地址邮编　安徽省合肥市蜀山区翡翠路 1118 号出版传媒广场 7 层　230071
印　　刷　安徽新华印刷股份有限公司
版　　次　2019 年 12 月第 1 版
印　　次　2019 年 12 月第 1 次印刷
开　　本　880mm × 1230mm　1/32
字　　数　200 千字
印　　张　9.375
书　　号　ISBN 978-7-5461-8486-9
定　　价　49.00 元

服务热线　0551-63533706
销售热线　0551-63533761
官方直营书店（https://hsss.tmall.com）

目录

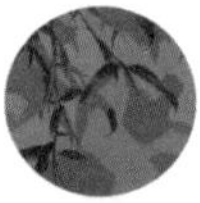

春

夏

秋

冬

前言　父亲的历书

我对节气的认知，最早可以追溯到童年时期。

每年春节前，父亲进城办年货，必定要去新华书店买一本小小的历书。那历书真的很小，又薄，躺在父亲手掌上，红色的封面印着年份和生肖图。家里已有挂历了，父亲单位上发的，挂在堂前固定的位置，过去一天撕一页。在我看来，挂历和历书的内容差不多，不知道父亲为什么还要执着于购买历书，仿佛少了历书，这一年的日子就乱了秩序。

历书放在父亲专用的抽屉里。抽屉里摆着与父亲工作有关的文件，是上锁的，但父亲时常忘记锁上，要么把钥匙随意摆放在桌台上。临睡前，父亲会拿出历书看一眼，拿笔做记号，在空白的地方写几个字。趁父亲不在家时，我打开抽屉，找出历书翻看，真让人失望，从头看到尾，无非是当天在菜园子里种了什么，收了什么。

做记号的地方大多是节气日，比如清明，会在下面“清明无雨旱黄梅，清明有雨水黄梅”的一行字上画道横线，再画一个箭头，写上“有雨”。对父亲来说，历书就是他的农事日记本。

父亲翻看历书时，时常会和灯下做针线活的母亲聊两句。

“快打春了，把土豆种拿出来，看芽发得怎么样。”

“过两天立夏，把地里的豌豆摘一点，割块腊肉煮豌豆饭吃。”

“要立秋了，跟卫东打招呼不要下河洗澡。”

“明天是丽敏的生日，刚好霜降，给她煮碗溏心蛋早上吃。”

父亲说出这些节气名时，我脑子里就会出现一扇门，与节气对应着的一扇门。每扇门的颜色都不一样，门里的光线、气味也是有区别的。我们从门里穿过，到达另一扇门时，仿佛只是一盏茶的工夫，又像是一次漫长的跋涉。

临近元旦，堂前的挂历就只剩可怜的几张纸了，每撕去一张，心里会一紧，觉得过去的日子都作废了，转眼间，一年就成了空白。当父亲再次拿出他的历书，一页页地回翻，这才踏实下来：过去的日子仍旧在历书里储存着，一年四季的每一天，耕种的，收获的，都能在历书里找到痕迹和依据。

新历书放进父亲的抽屉后，旧历书就被母亲收藏起来，按年头的顺序叠在一起。好在历书很薄，不占地方，即使如此，也装满了一只木头匣子。

梅雨季过后就是乡间晒霉的日子，母亲会打开那只木头匣子，取出旧历书，摊晒在院子里。有次回家，随手抽出一本，翻开，在立春的节气日里看到父亲褪色的字迹：丽敏回家，挖荠菜，包饺子，给我织毛衣。看封面，历书是一九九〇年的。那年我刚出校门，沉迷于厨艺和编织，并不知道后来会走上写作的路。

而立之年我开始了写作生活，第一本散文集出版后，转向了乡村风物和自然随笔的书写，心里有个模糊的愿望：要写一本和植物、节气、农事有关的书，献给父母和家乡。这个愿望像一颗很久以前埋下的种子，在读到苇岸的未完之作《一九九八：二十四节气》后，苏醒过来，在我生活的太平湖畔，在浦溪河边，开始了秘密又缓慢的生长。

这本书除了散文，还收入了我的诗歌和摄影作品，它们是自然之神赐予的礼物，也是我的心灵图景。我在四季草木间行走、观察、拍摄、写作，是想通过这些寻找自己的位置，不至于在光阴的迁徙中迷失，让精神安宁自在，拥有一个不可被岁月掠夺的花园。

河边杨柳返青，山间花事渐频，田间地头新泛出绿草茸茸，挂满水珠，清新得不忍踩踏。一阵风吹过，竹林里噗噗瑟瑟落下密集的雨点。

春

晨起有雨
在雨中挖来新泥
栽早竹两株、
幽兰三盆

园中梅花开得正好
剪几枝
引香气入舍

做完这些之后
静静端详
心中渐生喜悦

仿佛身边又多了几个
可以促膝
长久相伴的亲人

打春

晨起即闻鹁鸪鸟的远鸣，山间薄雾轻覆，无霜冻，空气凉润，隐约有植物根茎散发的味道，持续一周的阴雨天在立春这日转晴。

立春是二十四节气中的第一个节气，是四季的起点，也是终点。自此日起，万物生长与四时之风的更替又开始了新的轮回。

农耕时代，立春也叫打春，是民间敲锣打鼓祈求丰年的日子。在这天会有鞭春牛的仪式：选一个强壮的农人扮作春神，用柳条抽打泥塑的耕牛，鞭去闲适了一冬的耕牛身上惺忪的懒意，催它振作。这泥牛肚子里是装有五谷的，当柳条将牛肚打破，使五谷流出，就象征着新的一年风调雨顺，有好的收成。

鞭春牛，鞭打的是泥牛，也是农人自己，这是农人在一年的开端对自己的警醒、鞭策。农事与节令是紧密关联的，一日也耽误不得。春天伊始，要挣脱寒冬附着在身上的沉滞怠懒，抖擞起

精神，及时翻耕播种，方有随后庄稼地里让人满意的长势与收获。

近几年来，每到立春这天，我都会走到离居所不远的野地，观察气候变化与植物生长的情况，或以诗歌书写，或以随笔记录。这是我个人的迎春仪式，也是对一位已逝大地之子的纪念，他的名字叫苇岸。

一九九八年，从立春到谷雨的六个节气里，苇岸就站在北京郊区居所附近的田野，观察、拍照、记录。他原打算在一个固定的地点，记录下这一年每个节气的物候特征，可迅疾而来的病痛不容置疑地更改了他的计划，使他《二十四节气》的书写戛然而止，永远停留在春天最后一个章节。

作为作家与大自然的观察者，苇岸在人世的三十九年是过于短暂了，如同流星划过天际。好在他生前唯一出版的作品——《大地上的事情》，替他长久地留驻下来，以精神之光烛照着他“并不满意，却又热情爱恋着的喧嚣世界”。

若按农历来算，今年立春是比较早的，离春节还有半个月呢。这使得人们有一种恍惚，觉得节令错乱——腊月还没过完，怎么就到春天了？但是物候告知我们，春天确实已悄然来临：田野的泥土潮湿松软，阳光柔和，深吸一口，空气里是饱满的水分子，浮动着早春微涩又甜润的气息。水芹菜绿幽幽，浮在河畔。油菜地里有些性急的已经起薹，菜叶边缘缀着一圈晶莹的珠链。豌豆苗已开始爬藤，向高高的竹竿上伸出纤细的触角。蚕豆苗也已出土，长得有模有样了。

走到村头，见一老农在挖垦一畦闲置的菜地，经过他身边时问道：“现在挖地种什么呢？”老农停下锄头，“打春了，该种土豆了。”

听到老农说出“打春”这个词时，心头一热，耳边似乎听到不远处，有春雷正隐隐滚来，是一千年前田野的回音——古时农人手挥柳条鞭春的声响。

春讯

天气晴好，一早来太平湖值班。

湖边没有什么游人。几天前下的大雪已化得差不多了，空气中布满冷洌清新的水分子，只吸了一口，整个人就通透起来。

隔着湖水看对岸的陵阳山，其上覆着一层薄白，山脊处白得深些，一朵云浮在山顶，就那么一朵，轻盈、孤独，吸纳整个世界的安静。

两只鹰从对岸的松林里飞出，盘旋着飞过头顶。

天蓝得几近默哑，空旷，不着一物。两只鹰在这样的背景下追逐着，腾挪翻转，很快，隐入更深的山林。

这是一对恋爱中的鹰。它们敏感的身体接收到早春发出的讯息，它们知道寒冷的季节已过去了，虽然还有雪在远方的路上，或许明天就会到达，但那已是春雪，是梦一样轻的不肯在枝头驻留的春雪。

两只鹰飞过我头顶时，分明看见它们电光火石的一吻，那么短暂，而又永恒。

湖里的鱼也感触到春的讯息了，腾身跃出水面，“啵”——声响真大啊，令人吃惊，仿佛世界有一扇秘密的门被推开了。我没看见鱼的身影，只看见湖水止不住地痉挛，涟漪在阳光下迅速生长、繁殖，一圈圈涌动、荡开。

就在此刻，岸边一树红梅不明缘由地颤动起来，花瓣纷纷坠落在碧蓝的湖面上。

微雨夜来过

清晨开窗，见小区地面潮湿，夜里有过一场雨。这是立春后的第一场雨，是诗人韦应物在《幽居》里写的“微雨夜来过，不知春草生”的雨。

坐车上班，半小时后到达湖边，下车，一股带着水意的融暖气息扑面而来。这气息是从地底升上来的，混合着泥土、植物根茎和嫩芽苏醒过来的味道，像一个突如其来的拥抱，将人裹住。

在气息里沉浸片刻，对自己说，真的是春天了。

立春后，天气一直是晴朗的。阳光从早到晚地直射，将光能输送到每一个角落，迫不及待地发出讯息，邀万物走出冬天幽闭的房间。

最早接受邀请的是一种名叫“婆婆纳”的草花，几乎是一夜的工夫，这细碎的蓝色草花就浮满地面。随后接受邀请的是梅——红色的梅，白色的梅，精致的骨朵结满花枝，将冬意尚存的院墙

点染得花影斑驳。

兰草和水仙也被阳光催开花苞，香气乘着风的马车四处漫游。很快，蜂巢里抱成一团的蜜蜂松动了，飞出一只，又飞出一只，没多久就倾巢而出，凭着本能，迅速找到花香的所在。

其中一些蜜蜂来到河边，在临近河水的石头上停下，缓慢地，有些迟钝地爬行着。在蜂巢里待了一冬，已是渴极，飞出蜂巢后，它们需要在潮湿的青苔里补足水分，再为接踵而至的花事忙碌。

徽州的群山之间，二月里开的花，除了梅，就是黄檫了。

梅是独自开着的，一棵离另一棵很远，有时得翻过一座山，才能看见山腰里别着另一棵梅树。

野生梅树的花色淡白，不留意，一晃就滑出了视线。相比之下，黄檫就显眼多了。在上班的车上，隔着晨雾，看那尚未返青的杂木林，一树树黄檫错落其间，似春天的领跑者，绽满清新的花朵。

想起一句话："领异标新二月花。"

多年前，有学生问老师，好散文是怎样的？老师沉吟片刻，说，我送你一幅字吧，这幅字原是"扬州八怪"之一郑板桥的书斋联。言罢提笔挥毫，在宣纸上写下："删繁就简三秋树，领异标新二月花。"

这幅字挂在我湖边的房间若干年，后来搬迁住所，匆忙中遗失。

不久前在苇岸的书里读到一句话，他说："就我个人来讲，我更倾向散文文字的简约、准确、生动、智性；我崇尚以最少的文字，写最大的文章。"

忽而就想到被我遗失的那幅字。这句话，与郑板桥的书斋联有异曲同工之妙，完全可以看作那幅字寓意的解读与延伸。

地气上升——
敏感的花朵竖起耳朵
倾听体内河流的声音

一只过早醒来的乌鸫叫开天门
云漫上来
——雨水在不远处
未尽的雪也在不远处

水浇春

进入雨水节气，季候随之启动了降雨模式。

今年的雨水是 2 月 19 日，大年初一。雨水与春节重叠，这种巧遇是极少有的，一个世纪不过数次。

“百年难遇水浇春”，这是民间的说法。这个说法颇为生动，尤其“水浇春”三个字，让人觉得空中有一只提着水龙头的巨手，看见大地草木萌动，鸟雀出巢，就吱扭一声旋动开关，浇洒起来，好比一个殷勤的花农，提着洒水壶，一遍一遍浇灌他的园子。

今年的雨水当天没有下雨，全国大多数地区是晴朗的。我所居住的甘棠小镇，天色一亮，就在鞭炮声中迎来羊年的第一缕阳光。而几天前的天气预报，大年初一这天显示的是降雨，或许老天爷临时改变了主意，把雨期延迟了几个时辰，给出门拜年的人行个方便。

小镇的鞭炮从年三十中午开始燃放，持续不断，一直到第二

天中午。这中间有几个时段是放鞭炮的高峰——吃年夜饭时、更岁交子时、年初一开门时，声音密得水都泼不进，空气里布满浓郁的火硝味。

好在这两天有风，几阵“二月春风似剪刀”的风一刮，便似一个大扫帚当空扫了几下，聚拢在小城上空的硝烟很快散去，天色呈现出它原本的样子。

春节里我是不放鞭炮的，也不贴春联，我有自己的迎春仪式——当蜜蜡色的阳光照到东南边的阳台上，就从抽屉里取出一个玻璃瓶——里面有半瓶黑色种子，是去年秋天收集的花种，均匀地撒进花盆，覆上一层薄土。

几天前就把阳台的花盆清理过，除去枯藤，松土，拌一点花肥，浇水，把干燥的泥土浇得酥软，只等春节这天撒种。

我撒的花种里有金盏菊、牵牛花、凤仙花、太阳花，它们都是朴素的，具有野花的特质，不用精心照料，只要有水有土有阳光就能生长。珍贵品种的花卉是不敢养的，日常生活里我的忘性很大，担心不能对它们负责。

花种撒下后，没有再给花盆浇水，还是让天空中那提着水龙头的巨手来浇灌吧。在鞭炮声之外，我已听到那只巨手扭动开关的声音，看到古诗里“好雨知时节，当春乃发生”的雨水已经启程。

梅见月

寒冷的夜晚，路上少有行人与车，只有路灯亮着，灯光莹白，悬在灯柱上，使夜色越发深不可测。走在灯下，看自己的影子贴在地面，一会长，一会短，自顾自地演着变形记。

忽然就闻到一股香气，自空中降下，清幽，冷冽，不那么浓郁，又清晰分明。

停下来，深吸一口，是梅花香。抬头看，果然有一树白梅，枝繁花密，在黑夜巨大的背景里盛放着。

整个人呆在那里，像被施了定身法。

夜色无边，白梅仿佛成为天地间绝无仅有之物，在夜幕的衬托下，又繁华，又孤独。

小时候看过一部古装戏，忘记名字了，只记得女主随夫君去湖上春游，乘船时，迎面撞见一位俊逸公子，瞬间魂飞魄散，用一种几乎是痛楚的声音叹道：美哉啊，少年！

美使人喜悦，而美到极致的时候却会使人忧伤，失语。多年之后，但凡遇见美的事物，我也是这样感叹：真美啊，真美啊……除此，再也说不出别的了。

此时，站在这株白梅树下，我就是词穷的，脑子空白着，想不出一句恰当的诗句或话语来赞美，好在手里握着手机，指尖一滑，打开了，将眼前所见拍摄下来。

我没有使用手机的夜景拍摄功能，因为有路灯——灯光隔着人行道，照在花树上，像一道深情且专注的目光，使被视之物也散发出异乎寻常的光亮来。

仰头拍摄花树的时候，看见树冠之上佩着一枚薄薄的月亮。

古人把一月的月亮叫柳月，二月的月亮叫梅月，三月的月亮叫桃月，四月的月亮叫槐月。用当季的花树为月亮命名，既贴切又诗意。

还是古人优雅啊，深悟自然之道、汉语之美。和古人比起来，现代人的生活是粗鄙的、仓促的，想象力也是贫乏的。

下雨的日子

下雨的日子里有一种奇妙的安逸，似乎任何事都可以暂停，理所应当地清闲下来，包括墙上的挂钟，也可以歇下来，停止摆动。手机最好关掉，电脑也不要开启，人呢，自然是不用出门的，不用与人见面、说话，就待在自己的屋子里好了，泡上一杯热茶，在茶香里看书。要么书也可以不看，捧着杯子，让掌心吸收茶水的温热，在窗边无所事事地坐着，听雨。

如果屋子里是两个人，就可以摆开一盘棋来，默默对弈。如果这两个人正在相爱，那么棋也可以不要，书和茶都不要，墙上的挂钟更是不需要了，只需一张床——一张小小的床就可以。把床当作世界尽头的孤岛，把雨当作没有边际的大海，两个人与世隔绝，相依为命。

如果屋子里是三个人呢？有三个人就必须要说话了。三个人在一间屋子里待着，什么都不干，又彼此不语，那种安静会让人

紧张，坐立不安。想到不得不说话，就觉得那雨和雨声带来的宁静会被切割，割成碎片。那么，不如离开这屋子，撑了雨伞走出去，走到野外，到雨里去听雨。

雨声听得久了会觉得寂寞，会陷入潮湿的忧郁情绪中——这是不可避免的。所以每年早春，我写的诗歌都带有灰暗的、湿答答的水汽，但我并不因此盼望晴天，也不想去一个热闹的可以避开雨声的场所，还是宁愿独自待着，任单调又持续不断的雨声嘈嘈切切，在近似自虐的孤寂中与自己相守，沉思默想，写作。

不知道别人怎样，在我，只有先让自己安静下来，清闲下来，才可以进入写作状态，进入一篇散文或一首诗的幽僻之门。而唯有写作，哪怕写出的是一首极短的诗，也能把我从长满苔藓的深井里搭救出来，在之后的片刻满足里，人生的虚无感得到暂时的安抚。

对于一个写作者，或者迫切地需要独处的人来说，雨声是一面极好的屏障，能把自己与外界恰到好处地隔开一段距离。在雨声里，无处不在的喧哗与嘈杂皆被过滤，消了音。雨声是古老的天籁，是一支反复吟唱的安魂曲，给这个世界带来的是可以信赖、近乎于永恒的安宁。

有一段时间——也就是去年年底的时候，很想在太平湖边的村庄里找到这样一所房子，房子不需要大，也不需要是新的，离村庄的中心稍远，前面有湖水，后面有山，重要的是，得有一片竹林紧挨着房子，这样，在下雨的时候我就可以坐在屋檐下，看檐流如帘，听雨落在竹林里，淅沥沥，哗啦啦，如同众多小仙子踩着竹叶奔跑的声音。

若是能找到这样一所房子，租下来住进去，该是多么幸福的事。近几年住在城里，已很久没有听过竹林里的风声、雨雪声，也很久没有听过湖水在夜晚轻轻拍岸的声音，以及野鸟在暗夜巢穴里突然发出的呓语。

月亮照在苇花森林
河堤上奔跑的风有晚香玉的味道

燕子衔泥，穿梭于旧屋堂前
那棵活了五百年的枫杨树又伸出新枝

暮色里，一个似曾相识的人骑马
缓缓走来
面容安详，手里捧着绿色的星光和春天

万物生欲动

惊蛰日。打开手机，在微信上看见老树的应景画作——低处是小麦青青，高处是泥土样墨黑的云层，连接小麦和云层的是一排银色闪电。

有意思的是，老树把闪电画成根须的形状，再一看，又像大地上无数纵横的河流。

这就是老树画画的高明之处，三笔两笔，写实的东西有了，写意的东西也有了，经得起端详和品味。

老树画作都配有“老树体”的诗句，时而诙谐，时而自嘲，看似漫不经心，实则大智若愚。这幅惊蛰日的画作所配的诗句是：“大地春又回，长空裂惊雷。万物生欲动，无为自有为。”

惊蛰是春天的第三个节气，到了这个时候，春天开始显示出它的明显特征了：河边杨柳返青，山间花事渐频，田间地头新泛出绿草茸茸，挂满水珠，清新得不忍踩踏，一阵风吹过，竹林里

噗噗瑟瑟落下密集的雨点——那并非真的下雨，而是昨夜雷雨留下的残遗。

惊蛰的雷声更像是悬在半空的钟声，总在万籁俱寂的夜里敲响。当它敲响的时候，蛰伏在泥土下的虫子们一惊，就醒了，伸一个懒腰，对自己和身边的同伴说：嘿，伙计，春天到啦，是时候出去寻找食物啦！

大概是物候节令提前的缘故，今年雷声动得早，还没到惊蛰就响了，也是在夜里，轰隆轰隆从天空滚过。过了两天，去野外，看见菜地里的萝卜花紫菜花白菜花都开了。油菜花也开出很多，有两只蝴蝶在菜花上忙碌着，起起落落，一只是穿了豹纹衫的黄钩蛱蝶，一只是白色的东方菜粉蝶。那么一大片油菜地，只有这两只蝴蝶，且是互不相干的样子，各自飞着，看一会儿，便觉出些寂寞来。毕竟是早春啊，更多的蝴蝶还在蛹虫的阶段，在艰难蜕变的过程中。

看见蝴蝶的那天还看见一只小蜗牛，在马路中间停着，也不知它要去哪里。我经过小蜗牛，想想，又走了回来，把小蜗牛捡起，放到路边已经返青的草地上。我是担心来去的车辆会轧到它，不过，这样自作主张改变它的方向，即便是出于善意，对小蜗牛原本的意愿来说，仍是一种冒犯吧。

我上班的地点不远处有一片水塘。去年秋天刚到这里的时候，时常听见从水塘里传来的潜鸟叫声，那声音是乡村长大的孩子熟悉的，说不上动听，有些寂寥，又像亲密悠长的呼唤。每次听到这声音，就觉得自己又回到了童年，回到生命之初怯弱又单纯的光阴里。后来，到了冬天，潜鸟的叫声忽而就消失了，留意了好一阵子，还是听不到，心里空落落的，担心它们是被更大的动物捕获做了食物，或被人射杀了。

昨天，也就是惊蛰日的傍晚，临下班时，又听到那熟悉的、久违了的潜鸟鸣声——有些寂寥，又像亲密悠长的呼唤。原来它们还好好地活着呢，只不过像那些蛰伏起来的虫子们一样，屏声敛息，躲到某个秘密的地方过冬去了。

美是邂逅所得

夜间有雨，天明止歇。或晨间有雨，至午转晴。

近几日的天气都是这样。

这样的天气最宜萌发万物。雨水和阳光交替灌溉，从空中浇下来，还有什么能沉得住气，无动于衷呢？

一天没出门，浦溪河边的迎春花就开炸了，整个河堤被它们占领，黄灿灿，河里的倒影也是黄灿灿，打翻了油漆桶般。它们开得这样整齐，迅雷不及掩耳，一定弄出了不小的动静吧，像洪水冲开堤坝那样，“哗”的一声。

我没有听到那声巨响，但我听到另一种声音，嗡嗡嗡，嗡嗡嗡，绵绵不绝，在空中盘旋。休息了一冬的蜜蜂倾巢出动，开始忙碌了。

昨天早晨，接到好友红土的短信，告诉我，她窗前的玉兰花开了。而彼时我刚好推开窗子，目光落在窗外的红叶李树上。

——窗外的红叶李也开了。天亮时，枝头顶端的花苞开始泛白，

到中午，开出了几十朵。过一天再看，已开出半树。

热闹的地方，花会开得早些——马路两边的红叶李就早得多，玉兰花甚至已开始落了。

昨天下午在超市购物，出门时，刚好刮过一阵风，路边的玉兰树纷纷落下花瓣，一枚一枚，很重地砸下来。

忍不住叫了一声："天哪！"

刚好有个路人从那株花树下经过，突然而至的花瓣雨将他弄懵了，他停住脚步，抬头看看天，又看看四周——弄明白怎么回事后，脸上露出孩子样的笑容。

真是幸运啊，被花砸了个满怀。

玉兰的花瓣落在地上，还是很鲜活，白瓷片般，厚厚的一层。不忍心踩上去，就绕道走。

一个人绕道，后面的人也跟着绕道。

川端康成说：美是邂逅所得，是亲近所得。在春天，每个时刻都有这样的美之邂逅与亲近，使人心变得单纯，天真，又柔软。

青菜薹之味

上周末，一行三五人，在倒春寒的细雨中去了太平湖边的复松寺，访禅，访茶，访书画。

中午在寺里吃斋饭，有两盘青菜薹。

许是寺庙安静的缘故吧，这里的青菜薹吃起来也有股子安静出尘的味道。一顿饭吃完，放下碗筷的时候，觉得身体也洁净了许多。

常弘师傅说寺中吃的蔬菜都是自己种的，不下化肥，不打药，有虫子吃也不去捉它们。虫子也是这世上的生灵，与人同食，原本就是天经地义的事。

我对菜薹并不陌生，过完年后，餐桌上每天都有一碗青菜薹。

早春时节，地还荒着，上一季的菜蔬已所剩无几，下一季的菜蔬呢，要么没种到土里去，要么刚出幼苗，等它们长足身架，至少得等到清明后。

好在冬天留了一畦青菜，惊蛰的雷一滚，菜薹就刷刷地往上蹿，补了这时候的缺。

到了春天，十字花科的植物都会起薹，从菜心里抽出长茎，若不去管它，那茎秆就会一直往上蹿，往上蹿，分出枝丫，枝头结着青色的花苞儿。

待花苞儿松开，变成花朵，春天也就过去一半了。

吃菜薹要在花苞儿变成花朵之前，开花后菜薹就老了，味道会变得苦涩，咬在嘴里硬锵锵的。

我对青菜薹较为钟爱。前些年，住在湖边，宿舍后面有好几畦菜地，刚开春的那段日子，每天早晨会到菜地里打一转，掐一把青菜薹。这菜地是一位名叫芸的同事开出来的，菜也是她种的。芸在乡村长大，对泥土有天然的亲密感，看见空地就想种上点什么。

除了上班的时间，她就待在菜地里，起早摸晚，把种菜当成了爱好。

我喜欢看芸在菜地里劳作的样子，又专注，又安静。外面世界的纷乱喧嚣在这里都消失了。这里只有阳光、露珠、风和虫鸟这些精灵。这一小片园子就是一个自足的王国，泥土是朴素的，生长是简单安宁的。

芸种的菜太多了，长得又好，她自己根本来不及吃，就喊我帮忙。我当然很乐意帮这个忙，黄瓜上架了摘黄瓜，西红柿上架了摘西红柿。

吃菜薹更需要人帮忙。菜薹长得快极了，简直见风长，你将中间的茎秆掐断了，它会从两边生出更多，你掐得越勤，它发得也越勤，仿佛整个春天都在给它使着劲，喊着加油。

也许是我的偏爱吧，觉得菜薹比青菜好吃，上顿下顿地吃，吃上半个月也不厌。菜薹的烹调方法也简单，切成段，用菜油素炒，讲究的可加一些香菇提鲜。家里有腊肉的，也可割一块肥腊肉，切成片，熬油，等肉片浮起，瘦成油渣时，将菜薹倒入，滋啦一声脆响，随之腾起的香气让人忍不住直咽口水。

一盘油润发亮的青菜薹上桌，我会先拣里面的花苞儿吃。花苞有淡淡的清甜，是早春的味道。

菜薹煮泡饭也是好吃的。头天晚上的半碗剩饭倒进锅里，加一碗水，煮开后，加入切碎的菜薹，加适量盐和油。

我妈吃菜薹泡饭时喜欢加猪油，我喜欢加麻油。口味是一个很奇怪的东西，说不出原因，也很难改变。可别小看口味，它是会改变一个人的，几十年后，你的口味会把你塑造成另一个人。

眼看就是春分节气了，油菜花已掀起了春天的暴动，将山头和田野占领，地里的菜薹花苞儿鼓胀着，鼓胀着，就要开花了。趁着天晴，赶紧将它们全都采下，收回家，摊开在地上，晒上半个日头。

菜薹腌酸菜也是好吃的。半干的菜薹晾凉了，切碎，倒进一只木盆，撒上盐，拌入切碎的蒜和姜，用手使劲揉，将菜薹揉出青色的汁水，再装罐，上面压两块石头，盖严，搁在灶头上，一周后就能吃。

春分节气，正是食笋的时候，去竹园里拔几根雷笋，剥壳，切成片，水里焯一下，用腌好的菜薹炒，奢侈些的再加些腊肉进去。这样一盘菜端上桌，再没有胃口的人也会觉得腹中饥饿，嘴里津液横生。

菜薹年年吃，从前不觉得什么，近两年，忽然就有了些珍惜的意思。

这样寻常的菜肴，寻常到不用花费心思和力气就能吃上嘴的菜肴，就是生活的本味吧。繁华落尽归平淡。冬去春来，万物复苏前还在与死神较量着。在早春的寂静与微寒中，有一碗素味的青菜薹日日相见，用绿意安抚你，喂养你，就是上天的恩典。

三月的风奏起一阕乡村舞曲
蜜蜂醒来，抖动双肩

野樱树提着粉红裙子在河边奔跑
从云端降落的鸟鸣穿过湖面

山谷耳边，是谁说出那句甜蜜咒语
桃花倏然绽放——一个美妙瞬间

枝头花历乱

到了春分，春天已过去一半，而在我迟钝的感觉里，仿佛此时才是春天真正的莅临。

“天将小雨交春半，谁见枝头花历乱。”居所阳台外，木兰花、桃花、李花、杏花，开得正盛，每一朵花都在吸收着光，也在释放着光，尤其在正午，炫白的花焰几乎要灼伤人的眼睛，使人不能直视。

雨天的时候，光焰就从花朵上消失了。雨天的花有幽寂之美，站在客厅看阳台外，仿佛那里挂着一匹棉质的花布帘，时间静止在上面，整个春天静止在上面。

记得川端康成说过：“如果一朵花很美，那么我有时就会不由地自语道：要活下去。”

我也有同样的想法，看着阳台外的一树树的繁花，会对自己说，就算为了每年春天与这样美的光阴相见，也值得好好活下去。

我是被上天眷顾的人——在开始写作之后就被眷顾了。我想要安静的生活，上天给了我。我想要每天与自然的事物亲近，上天满足了我。还要什么呢？真的已经足够了。梭罗说，一个人拥有的越少就会越自由。我不会让自己变成一个贪心的人，最终失去现在拥有的。

如今我几乎拥有了最好的生活，有喜欢的事可做，有亲人相伴，有大自然的草木相亲。如果此时给我一盏神灯，让我许下三个愿望，我能许下的愿望就是：让现在的生活继续下去，让我的亲人都平安，让居所周围的树木能活得比我长久。

是在去年搬到这居所的。居所在甘棠小镇，一个靠近村庄与河流的小区里。在这之前，大多数的时间我住在单位宿舍——太平湖边一栋临湖的小楼里。

当你爱着一个人的时候，你就会希望你的爱人能活得比你长久。阳台外的这些花树，就是我余生的爱人、友伴，只要没有人去砍伐它们，它们就会一直在这里生长着，年年春天开着花。而我，只要还活着，住在这里，就能年年春天与这些花朵相见、相守，花朵凋零时，静静期待下一个春天到来。

春蝉鸣

春分后的第九天，听到春蝉鸣声。

听到蝉鸣时，我正在甘棠小镇的南山公园走路，一同走路的还有嫂子。走路是我们傍晚的锻炼方式，只要天不下雨就出来走一圈，大多时候走环城公路，若天色尚早，就穿过小镇的主街到南山公园。

我们从北边上山，没走几步就有鸟鸣过来引路了，从声音的悦耳度上，知道它们隐身于灌木的体形是轻盈的、灵巧的。

走了十分钟，转到南边，忽而听到蝉的鸣声，在坡上坡下的树林子里。心里有些狐疑，凝神仔细听——没错，确实是蝉鸣，不那么密集，又有不容忽略的声势，像这个时节新发出来的叶子，一簇簇，绿莹莹地伫立枝头，稚嫩，通透，闪着光芒。

这时节听到蝉鸣，是叫人有些不敢置信的。《礼记》上说“夏至到，鹿角解，蝉始鸣”，而现在还是仲春，离清明节还有好几

天，桃花正开得热闹，衣架上的冬衣还没收起，蝉就出来活动了，怎么说也为时过早了一些吧。

我对蝉鸣是比较敏感的。或者说，我对来自于自然界的声响都是敏感的。半个月前的暮晚，在自家的后阳台上，隐约听到一片蛙鸣声，在小区各种杂音的覆盖下，显得遥远、失真，但它们还是被我的耳朵捕捉到了，剔除其间的杂音，变得清晰和确凿起来。

记忆里听到最早的蝉鸣是去年四月初，当时已很惊异了，觉得它们是受了某种蛊惑，就像那些受荷尔蒙驱使，早熟的、私自逃离家门的孩子。

而今年的蝉鸣，比去年又提早了，再次刷新了我对蝉的认识。

蝉鸣得早，还是有原因的，跟近日陡然上升的温度有关。一天的跨度里，从七八度，嗖地蹿到三十度，早晨出门还套着棉衣呢，到傍晚，身上只能着一件薄衫了。

这过山车般的温度变化很是反常，但这样的反常在春天里，又是正常的。

自然界里事物的生息，向来跟天气与温度紧密相关。蝉的幼虫在泥土下蛰居着，忽而感受到从地面传来的异样热度，如接到久等的诏书，迅速钻出来，纷纷爬到树枝上，几番周折后，完成蜕变，拥有了可以飞翔的薄翼和强劲的腹鼓。

拥有了这些的蝉开始求偶，以绿意葱茏的鸣唱唤来异性的垂青，交配，产卵，然后是筋疲力尽的死亡，在短暂的时间里，完成生命又一轮的延续。

在南山公园走了一圈，发觉蝉鸣只在东南边的方向。那是它们逝去已久的母亲的主意，在产卵时，替孩子们做出的选择，把卵产在东南边，因为这里日照更多，树木更为茂密，能提供给幼虫漫长的生长期里足够的汁液和养分。

人是很难知晓的，自然界里那些貌不惊人的小东西，它们的生存智慧如何得来？是出于本能、遗传，还是有其他更为秘密的渠道?

和嫂子下南山时，暮色已浓，藏蓝色的天幕上，一弯新月如钩。

蝉鸣在身后，随着我们离开的脚步渐渐消隐。耳边响动的，是马路上的车流，和人间生活热闹又嘈杂的嚣音。

晚樱

桃花落时晚樱开。

看到晚樱，总有些沮丧，这样的花，怎么也能叫作樱呢？

樱在我心里有固定的形象，树身高拔，花枝轻盈，没有一丝杂色，也不喧闹，花事再怎么盛大也还是寂寥的，静谧的，与尘世不相干。

这形象来自开在二月的早樱。而晚樱正好相反。晚樱的花瓣繁复，打着细褶，单个看，精致又华丽，若满枝满树都是这样，就显得过于累赘了。

晚樱开得也热闹，市井气的热闹，一股脑儿把花和叶子端出来，夹缠不清，颜色又是那么艳俗的粉红，更衬得满树痴肥。

真是傻啊，怎么就一点也不懂得节制呢？

我知道这样说晚樱有些刻薄，对它不公。如果它另有一个名字，和樱无关的名字，我就不会这样在心里排斥它，挑剔它了。

我有樱花情结。樱花在我心里的定义是寂静，轻逸，美而脆弱。与其说它是花，不如说它是一种精神的象征，是超拔于世俗生活之上的爱之梦想。

而晚樱以它相反的形象，破坏了这梦想。

晚樱也并非一无是处。走近了看，还是觉得它很耐看，经得起打量，似乎也没有那么俗气了。

晚樱用来插瓶就很不错，折一枝，插在土陶瓶里，比满树晚樱更有味道。所谓以少胜多，就是如此吧。

今晨散步回来，邻居在她的院子里剪了一枝白海棠，又剪了一枝晚樱，递给我。进门，将花随手放进土陶瓶里，瞬间，居所的格调就完全变了。

有一首歌叫《大自然没有坏天气》。大自然的造物也是这样，没有坏的，不美的。之所以觉得不美，不过是看的人过于主观，抱以成见，或心境使然。

安静的太阳
金色的蜜蜂
长了翅膀的蚂蚁
没有名字的飞虫

一只画眉飞来
吃下一片花瓣
一群麻雀飞来
捉了一会儿迷藏

看花的人坐在窗前
睡着了
看花的人醒过来
地上落满了桐花

遍地艾蒿

我的居所是不需要闹钟的，窗外的鸟鸣就是闹钟，每天在固定的时间叫醒我，即使冬天也能听到，一两声，低低的，像在祈祷着什么。

春分后，鸟鸣声开始变得清晰，由单声部变成双声部、三声部，到了清明就演绎成多声部合唱了。众多的鸟声里，比较容易分辨的是斑鸠，斑鸠鸣声的辨识度很高，声调也高——可能是它喜欢蹲在树颠的缘故吧，咕咕咕，咕咕咕……用声音在天空画着线条，起伏有致。

最先叫醒我的却不是这高嗓门的斑鸠，而是低处的一种鸟，离居所很近，几乎就在枕边，咬着耳朵根。每天我就是被这同一只鸟叫醒的，闭着眼，很享受地听一会再起床。这只鸟——可能是八哥，也可能是乌鸫，仿佛被自己的声线给迷住了，变换不同的调子，模仿着伙伴们的鸣声，自得其乐地演着独角戏，真是很有意思。

也许是温度升高的缘故，这两天鸟鸣“闹钟”自动调时，比以往响得早了，我随之早醒，早早起了床，洗漱完毕，看手机，还不到六点，比以往提前了一个小时。想到很久没有晨练，这一个小时的时间正好可以出去走走。

走到门外，想想，又返身回屋，拿了一只竹篮，此时正是野菜季，走路的时候可以顺手采一点。

生活在皖南乡间的人，在春天没有不采野菜的，采野菜是迎接春天的仪式，也是一种情结。每到三月，味蕾就会怀旧，会催促着人走到山里去，走到田间河畔去，马兰头、苦叶菜、野水芹、婆婆丁、蕨菜、草头、艾蒿……全都发出来了，嫩生生，也不用挑拣，看见什么采什么。

虽已是仲春，早上还是有些寒意的，草地上一层白露，浦溪河的水面雾气袅袅。出小区后才发现外面已有很多人了。工地有工人在搬运泥土，河里有村妇在浣洗衣物，田里有牛在吃草，有

农夫在挖地播种。“莫道君行早，更有早行人”，果真是如此。

不记得有多久没到野外来，只记得上一次走到这条路上，豌豆还是刚出土的幼苗，现在，豌豆的藤蔓已有半人高，很快就要开出蝴蝶样的花朵了。

路过一片水洼地，看见大片野水芹，齐刷刷地绿着，心中一喜，不过它们看起来还未长足身量，现在采有点可惜，还是再等两天吧，等它们再长高一些。

现在能采的就是艾蒿。艾蒿太多了，遍地都是，眼睛随便落在路边就看见它们，挤挤挨挨。菜地里也有，莴笋地、蚕豆地里都有，菜地是施了肥的，艾蒿得了肥力，长得也更好，比路边的要高出一大截。

艾蒿也叫蓬蒿，和别的野菜不一样，不是炒来做菜吃，而是掺进糯米粉，做米粿吃，皖南人把这叫清明粿，也叫蓬蒿粿。

不同的地方用艾蒿做米粿的方法也略有不同，比如我出生的村子里，是把艾蒿在加了草木灰的开水里焯一下，在石臼里舂成泥糊，掺进糯米粉。而我嫂子出生的村子，是把艾蒿剁成细末，用肥腊肉油炒熟了，和进糯米粉。

做清明粿最重要的环节是揉粉，烧得冒泡的开水，缓缓倒进米粉里，边倒边用筷子搅动，觉得湿度恰好的时候，开始用手揉。揉粉是需要一些力气的，又不能性急，性急的人很容易就烫了手。

揉好的粉团像一只绿色的枕头，从里面揪出一小团，在手心里揉圆，拍扁，装进馅料。

做清明粿的馅料有咸甜两种。甜的是芝麻白糖，咸的是腌菜春笋腊肉丁。也有不加馅料的，不加馅料的就是实心粑粑了。

做好的清明粿可以入蒸笼里蒸熟，也可在平底锅里炕熟。我喜欢吃蒸熟的，用箬竹叶子托着，一口咬下去，艾蒿的清香直入脑髓。

《本草纲目》中说艾蒿是纯阳之性，有温经散寒的作用。而皖南直到桃花落时仍是春寒料峭的天气，对生活在这方水土的人来说，这遍地“具回阳、理气血、逐湿寒”的艾蒿，就是大自然给予的补偿吧。

吃清明粿也是春天的一种仪式，是比吃野菜更加讲究的仪式。在所有的野菜里，艾蒿的气味也是最能代表春之气息的，少年一样浓郁——甚至是执拗的青涩气，又有股子中药般的苦香。这味道原本并不讨喜，有未被驯服的野蛮，不过一个人在童年吃过这味道后，一辈子都会怀念，会在每年的春天想起这味道；若是没有吃到，就会空落落，若有所失地怅惘着。

采艾蒿做米粿得在清明边，“三月艾，四月蒿，五月六月当柴烧”。能当柴烧的东西当然是不能往胃里送的了。不止艾蒿，许多野菜都是这样，马兰头、婆婆丁、草头，一过清明就不能吃了，变柴了。

在清晨采艾蒿就是在露水中采艾蒿，艾蒿叶翠绿清凉，如同一首禅诗。采一把，放进篮子，采一把，放进篮子，很快，小竹篮就装满了。

起身，看着篮子，里面装的哪里是艾蒿，分明就是春天啊！一篮子丰嫩的春天，唯有一口一口吃下去，吃下它带着露水的绿汁，精神和肠胃才能得到慰藉，踏实下来，这一年的春天才算是没有白过。

雷笋季

清明是雷笋季。乡下老家就有一片雷竹林，父亲种的，在屋后的小山坡上。

站在村口看，这片雷竹像是长在我家屋顶。竹林离屋子这么近，又在高处，叫人隐有不安，担心竹子会倒下来，压碎了瓦。

父亲什么时候种的这片雷竹？刮风下雪的时候，他不担心竹子会倒下来吗？我想问问父亲，又总是忘记，有很多年我没有在乡下屋子里住过了，偶尔回去一趟，也是当天就离开。

父亲种雷竹不是为了听风声，而是为了吃笋。在土里栽一根带鞭的雷竹，竹鞭扎下根，长出笋，笋变成竹，竹又长出笋。

我家吃的雷笋就是这片林子里的，清晨去林子里打一转，半篮笋就提回家了。有时灶头上烧着水，趁水还没烧开锅，去拔两根雷笋回来，剥壳后，水刚好烧沸，入水焯一下，切段，码进碗里，码一层笋铺一层腊肉，焖饭的时候放在饭头上。饭好了，揭开锅

盖，米饭的香混合着笋香与腊肉香，热气扑面，忍不住鼻翼大张，胃部幸福地痉挛着。

李渔在《闲情偶寄》里说，吃笋的方法有很多，不能全部记录下来，若用两句话来概括，就是“素宜白水，荤用肥猪”。皖南有种手剥笋，可谓“素宜白水”，四五寸长的嫩雷笋，也不剥壳，入水后略加些盐，煮熟了捞起，剥壳吃肉，肉质细腻，味清香，佐茶最好。

“荤用肥猪”就是用猪肉与雷笋同煮，所用猪肉最好是咸腊肉，肥多瘦少的那种。上海本帮菜中有一款腌笃鲜就是这样做的，咸五花肉和鲜排骨，切成块，入锅加水煮，至七八分熟时再加笋，中火慢炖半小时，汤色乳白时即可食用。一锅腌笃鲜上桌，最先食尽的是笋，随后是汤，肉剩在那里，像折子戏里的先朝遗臣，热闹一阵，不知所终。

雷笋在清明的节气里蹿得飞快，尤其是雨后，村里人会说，不得了，竹林里到处插枪了。这“到处插枪”的说法很形象，竹笋立在竹林里的样子，可不就像是一杆杆长枪嘛。

也有更夸张的说法，说下雨天戴着斗笠去山上干活，雨歇了，把斗笠摘下来搁在竹笋上，傍晚下山回家时，跳起来也取不到斗笠了，已被竹笋顶得半天高。竹笋长得这么快，仿佛是要用三级跳的速度来争夺成为竹子的机会。长成竹子，它就是安全的了，可以在山上活好几个年头，经历春夏秋冬的变迁。

不过村民们也有他们的招数，在竹林里到处插枪的时候，挖的挖，拔的拔，把竹笋用麻袋装着，背回家，剥壳，烀熟，晒成笋干。

从清明到谷雨，村里每家屋前摊着几只竹匾，竹匾里晒着笋。春笋从中间剖开分成两半晒，雷笋和水竹笋整根晒，笋衣单独晒在一只竹匾里。笋衣是从春笋上剥下来的，竹笋最嫩的部分。刚焐出来的笋是玉白色，晒上一个日头就成金黄。

喜欢蹲在竹匾前闻笋子晒在太阳地里的味道，很硬朗的香气。这香气是太阳赋予的，太阳吸走了笋子的水分，又把金色的光焰和香味储存在笋的体内。

挖竹笋，拔竹笋，将之晒干，即是为了满足口腹对美味的需求，也是为了给其他植物留下生长的空间。竹子的生命力太强了，若不控制它们的数量，用不了多久，整个山头、田野、村庄，都会成为它们的地盘。

湖水涨落

连日雨水，湖水又往岸上迈进几步。

原先在村头泊着的渔舟不见了，没入水底，有两只被飓风解开缆索，浮在湖心，船舱灌满雨，一个波澜涌过来就会把它们击沉。

湖水一天天地逼近村庄，再往前一步，就要跨过桥梁，推开篱笆，闯过湖边房屋的门槛了。

而现在还是四月，真正的雨季——长达一个月的梅雨天还没有到来。

在以往的年头里，太平湖水位最高时是在七月初，梅雨季收尾的阶段。之后的整个夏天，湖水维持着丰沛状态，不升也不降。入秋后，湖水开始缓慢地降落，把吞下去的滩涂复又吐出。到了冬季，湖水降到最低，像一个谦逊的老者，平静地退守在自己瘦癯的影子里。

去年冬天，湖水却始终没有退的迹象，一场接一场的雨水，

不断提升着湖岸线的高度。湖水像一只看起来温顺的动物，伸出它长而柔软的舌头，安静地舔着湖岸，把垂钓者所走的小径、湖湾草滩、灌木林、庄稼地，依次吞入腹中。

当自然依照它的规律循环生息时，生活其间的人也是安稳的、笃定的。当自然突然不再按常规出牌，生活其间的人就会感到恐慌，以往的经验不再有用，万事万物都变得捉摸不定了。

但是自然界的规律从来就不是一成不变的，或者说，“变化无常”才是自然界的规律，而不是人们自以为掌握的那些。在《瓦尔登湖》中，梭罗就曾这样说：“湖水时涨时落，并无规律可言。如有规律，周期又是怎样，无人知晓，尽管有人声称知道，但那不过是信口开河。”

关于湖水的涨落，梭罗认为这是湖以它的方式赶走入侵者，保证湖岸洁净的权利。这入侵者指的是那些试图在湖岸扎根的生物，当然也包括人。

梭罗的不凡之处就在于此，他总是立足于更高的视角来发表观点，而不仅仅局限于人的角度。

是的，作为地球之肾，湖岸湿地有它保持洁净、吐纳生息的权利，应当给予尊重、维护，否则就会遭受自然法则的惩罚。

我们大多数的人——也包括我，对此往往是忽视的，总以为人是万物之首，地球上的一切物质都应为人所用，以为湖岸是可以占有的、利用的，比如建筑房屋，开垦庄稼地。

当湖水淹没庄稼地，涌入房屋时，我们于惯性的思维中把湖水当作入侵者，忘了在我们的足迹到来之前，这里原本就是湖岸的领域。

是该反思的时候了，我们。在经历了一次次自然给予的惩罚后，我们应该郑重地想一想，怎样才能与身处的环境和睦相处，既不伤害，也不为其所伤？

当湖向我们展现它迷人的景致和风物时，我们是应该进一步索取、占有，还是保持足够尊重的距离，不去打扰，只是欣赏？

这是美好的一天
布谷鸟的呼唤里
梦中远游的人正在醒来

在乡村
荒寂了很久的田地返青了
油菜结下幼嫩的籽荚
豌豆孕出蝴蝶的庄园

乳雾散淡，茶香绵延
一群风孩子赤着脚，欢笑着
奔过草地
——丰沛的河流起伏不息

我爱的人们，在这片土地上
弯腰播种着
在缓缓降临的透明的光中
——把头抬起

覆盆子山谷

谷雨是皖南的采摘季。

这时候村庄里很少看到闲人，都在茶园里采茶。大清早就背着茶篓踩着露水上山，茶篓装满，背回家倒空，就着茶壶嘴子喝几口热茶，三口两口扒下一碗饭，戴上草帽，又上了山。再下山时就是午后。

我家早先也是有茶园的，整个四月，全家人从清晨到深夜忙着采茶制茶。后来父母老了，我和哥嫂也因工作帮不上忙，就把茶园转给亲戚家。

童年生活留下的情结，就算不用采茶，到了谷雨，听到杜鹃鸟招魂样的叫唤，就坐不住。想回村里去，到茶园里走一走，呼吸山间蓬勃的草木香气，拔竹笋，挖野菜，采这个时节熟透了的野浆果——覆盆子。

认识覆盆子这个词是在小学课本里，鲁迅那篇著名的《从百草园到三味书屋》："如果不怕刺，还可以摘到覆盆子，像小珊瑚珠攒成的小球，又酸又甜，色味都比桑葚要好得远。"而在认识这个词之前，早就和村里的小伙伴们一起采摘过它，尝过它的味道，只是我们不叫它覆盆子，我们叫它树梦子。

覆盆子的成熟期很长，从谷雨到小满，在村庄的马路边就能看见它们，宝石样的红果缀在绿叶间，浆汁饱满，甚是诱人。如果不是馋极了，马路边的覆盆子是不会采的，车来车往，免不了要落下灰尘。想采到干净的覆盆子就去山谷腹地，或者半山岗上。

我的脑子里有一张属于乡下老家的野果地图，猕猴桃、板栗、山楂、杨梅、胡颓子、拐枣、八月炸、九月黄……随便想起一种，就知道能在哪座山上找到，小时候的生活刻下的记忆，无论后来经历了多么大的生活洪流，也冲淡不了。

村里的每座山都有名字，时间久远，已经没有人记得山名的由来，比如梅坞，山上并没有梅树，除了茶园就是竹林，在茶园和竹林之间的坡地上，是成片的野生覆盆子。

梅坞的覆盆子树比别处的要粗壮一些，结出的果子也大得多（我们叫它牛奶梦子）。但村里孩子单个儿是不敢去梅坞的，都听说过梅坞闹鬼的事——村里一个醉汉，走夜路经过梅坞时，听到里面唱大戏的动静，咿咿呀呀，热闹极了。醉汉连滚带爬回到家，浑身抖得跟筛糠一样，在床上睡了两天才回过神。

可这醉汉的话又怎么能当真呢？说不定是他酒醉后的幻觉呢。

孩子们并不十分相信，心里还是会害怕，几个人约着一道去梅坞，路上谁也不敢走散，后背冷飕飕的，总觉得暗地里有什么在盯着，随时会扑过来。

就算是害怕，还是要进梅坞采摘覆盆子。一来梅坞的覆盆子太多了，怎么采也采不完，仿佛采一颗它又原地生长出一颗。二来越是担惊受怕的事，越能让孩子们感受到冒险的刺激与快乐。

孩子们采摘覆盆子，不只为解馋，更多是为了换取一些零用钱。茶季过去，做药材生意的人就会进村，收购覆盆子——只收晒干的青果，成熟的红果是不要的。

我们都知道覆盆子是中药材，至于它能治疗什么病，不清楚。那不是孩子们需要了解的事。孩子们只管背着小竹箩去采摘，熟的软的放进嘴里，青的硬的放进小竹箩。

有几年夏天，我穿的凉鞋就是用覆盆子换来的，还用卖覆盆子的钱给奶奶买过一袋棉花糖。“猫软猫软的，好吃的不得了。”

奶奶逢人就说。

奶奶去世已近三十年了，去世那年九十二岁。如果她能再多活几年，我就可以买更多的棉花糖给她吃。但她没能活到我挣工资的时候。

一个人再怎么长寿，还是活不过一棵树。梅坞的那些覆盆子树，谁也不知道它们在山谷里活了多少年。覆盆子树的生命力太强了。野生植物的生命力都太强了。自然的灾害，变化无常的天气，完全不影响它们在山间的繁衍。只要人类不去入侵它们的领域，它们就能年复一年生长下去，该开花时开花，该结果时结果。

味道最好的覆盆子，是进入春天的山野，采摘和吃下去的第一枚。成年后吃的覆盆子，不过是对已逝美好光阴的怀念。吃下一颗山野里的覆盆子，童年和爱，就会有一次短暂的回归。

如果不曾有过在山野里成长的童年，就不能感受覆盆子的味道有多么美妙。覆盆子是野地里生长的蜜糖。孤单和悲伤的孩子，总是能在大自然的手掌心里找到安慰。

后来的春天，我一次次返回，一次次重新采摘，但我知道，再也吃不到童年的覆盆子了。我的味蕾已经在过度的满足中失去敏感。我早已成了圣·埃克苏佩里在《小王子》里所说的“无趣的大人”。

山樱桃之味

山樱树也能结樱桃，这是最近才知道的事。

说起来是有些惭愧的，一个自以为对家乡的风物还算了解的人，竟会有这样的后知后觉，可见一个人对事物的认识多么容易流于片面。

我对山樱树的果子并不陌生，这些年在太平湖边的山路游走，不止一次地遇见过这种小红果。小红果密集地缀在树枝上，像极了玛瑙珠子，迎着太阳的光线看，通透可爱，仿佛小红果的心里点了一盏灯烛。

这好看的小红果能吃吗？我有过疑问，未敢尝试，因不认得这种果子，不知道结出果子的灌木是山樱树。

与山樱树也算是认识的，在它开花的时候。每年早春，面对漫山遍野的浅粉花朵，如与故友重逢，会欣喜地迎上前去，与之叙旧，说些别来无恙的话。只是山樱花一落便不再认得了，失忆

般遗忘了它的存在。这也难怪，此时人间有更多的树在开花——红的桃、白的梨、粉的杏，一茬一茬，叫人目不暇接，又怎么有心思看那已落花的树呢。

是在四月下旬，谷雨过后的第一个晴天里，方知玛瑙红的小果子原来就是山樱桃。

我喜欢在久雨之后天刚放晴的日子游走湖边，此时湖岸与山间的树木是清新的，每一枚树叶上都噙了水珠，欲落未落，照着它们的太阳也很清新，仿佛创世之初的太阳。很快，树叶上的水珠会化身为乳雾，聚拢，如一袭薄纱覆在山间，袅袅飘移，上升，在橘黄的辉光里渐渐散去。

端着相机在绿荫里走着，呼吸树木的香气，或蹲在一株花草边，用不同的角度拍摄着，时间很快就过去了，等树隙里漏下的阳光变得热辣时，方觉已是近午。整个上午没有喝水的我，顿时感到口渴，就在此时，眼前出现了结着小红果的灌木。

灌木的叶子是长卵形，新鲜的翠色，繁茂得很，若不是在近处，还真不易发现叶间一簇簇的小红果。本能地吞咽下口水，走过去，听见有个声音在耳边说：吃吧，吃吧，没关系，这小红果是山樱桃。

山樱桃！心里顿悟般惊呼了一下，是啊，这结着小红果的灌木不就是山樱树嘛！三月的第一个周末，我曾来过这里，站在这个位置，拍过它满枝浅粉红的花朵呢。

这真像是大自然有意馈赠的美味——在我口渴之时，将一树山樱桃置于我的面前。我也毫不客气，踮起脚尖，牵过一根果枝，采摘起来，摘一把，塞进嘴里，未及咀嚼，津甜的浆汁顷刻溢满口腔。

有意思的是，在我摘吃山樱桃时，有只长尾山雀在旁边的树上，不停地飞起、落下、飞起、落下，连声叫着，声音大而急促，像在嚷嚷：不得了，不得了，来了一个坏蛋，吃了我们的果子。

金鸡菊和野蔷薇

春末夏初，清晨出门总会抱一束野花回来。开满野花的乡村是值得信赖的——忘记是谁说过这句话——应该是个诗人吧，或者是诗一样美好的人。

我就居住在这样的乡村边上，从春到夏，再到秋，与杂草野花为邻，亦为友。

野花散漫地开在路边并不显眼，采回来，剪去多余的叶子，插进容器里，再看就不一样了。适度删减和约束不会伤害美，反而能使美得以清晰地体现。

近几日较多的是金鸡菊。金鸡菊有股子异域的风情，野生勃勃的气息，养在室内，给屋子添了不少生气。对于独居者来说，这种来自山野的生气就像一种光，蓬勃而富于召唤力，能给心灵供氧。

金鸡菊虽生在荒郊野外，与杂草混居，看起来却不像是野生

植物，仿佛有人专门种植、侍弄。只是我每日在开着金鸡菊的乡村道路上行走，从没有遇到过侍弄它们的人。

也许那人是个隐者，像风一样，存在着，却看不见。

金鸡菊是不择水土的，无论怎样的土壤都能生根，喜光，也耐阴，这就是它们具有和杂草一样强韧生命力的原因吧。

金鸡菊的花期也长，从晚春开到夏末，在秋天来临时变成种子，风一吹，忽而就到了另一个山头，另一条河边，成为那里的居民，等待着下一个属于它们的漫长花季。

此时常见的还有野蔷薇，盛开在田间路旁。“盛开”两个字对花来说是通用的，用在野蔷薇这里并无新意，但是，对于野蔷薇，盛开两个字也是最妥帖的。野蔷薇不是寂寞的花，它的开放如同一场节日歌会，有声有势。

野蔷薇颜色有粉红和粉白，粉红中又有深浅之分，五片心形花瓣，轻淡的香气。这香气不似兰花的幽，也不似桂花的馨，更接近于露水与阳光混合的味道。

野蔷薇是极具诱惑性的花，总是诱使你靠近它，把手指伸向它。手指在触到野蔷薇的花丛时，无一能逃脱被划伤刺破的结果。

野蔷薇是嗜血的。“美与无法接近的痛苦是蔷薇的象征。”——这是我在一篇文章中读过的话。“无法接近”就是因为它的刺，和玫瑰一样的刺。而孩子并不惧怕这些，孩子心里只有对美的直觉和渴望。当然，孩子对野蔷薇的伤害力也是无知的，因为无知所以无畏。

那个皮肤黝黑的孩子，他采下了一朵一朵的野蔷薇，他把采下的野蔷薇插在一根细竹上，翠绿的竹叶衬着粉红的花朵，清秀绝伦。孩子把插着野蔷薇的细竹叫作竹花。竹花最后交到了一个大眼睛的女孩手上，被她高高举着，满脸得宝的兴奋。

竹花凋谢得很快。竹叶和花朵以惊人的速度失去水分，萎缩。这个过程就像一个蛊惑人的魔术，也像短暂童年时光的本身。当我和哥哥不再采野蔷薇做竹花时，就都成了有些失水的大人。

五月初的一天清晨，在田野里遇到一丛野蔷薇，粉红色的。我用镜头采下了它们，当我用微距靠近它们含露半开的花朵时，手背锐痛。一根野蔷薇的刺，不依不饶地咬住了我。

入夏后皖南的村庄、田野、道路，都是绿的，甚至天空也被洇染，变成绿色，整个世界像是潜入了一汪绿水。

夏

立夏

一只蜗牛从枝头醒来
看见怀里小小的叶子又长大了一点
陌生，清新——仿佛梦里听见的歌

当太阳从蔷薇色的国度升起
从露水的画笔落下
在草尖伫立
——这世界多么安静，美好

仿佛你心里有一种光芒，正悄无声息
明亮地到来

立夏节

五月的第六天，立夏节。从这天开始，牧神的歌吟就是夏天的曲调了。

皖南入夏最明显的特征是山的颜色，不再像之前那样繁复。之前，也就是春天的时候，若是请画家来画皖南的山，得把所有的颜料盒打开，赤橙黄绿青蓝紫，一样也不能少。入夏后就简单多了，只需一管绿色，就能画出山间的景致。

也不只是山，入夏后皖南的村庄、田野、道路，都是绿的，甚至天空也被洇染，变成绿色，整个世界像是潜入了一汪绿水。

这个时节，一个人走进山中，很快也会被倾覆下来的绿染透，眉间脸上，摇摇晃晃全是绿的影子。风穿过竹林和青草，拂在手臂上，毛茸茸，让人感觉身上也伸出了绿色的枝条、藤蔓，缠绕着向四处蔓延。

当然，仔细看的话，山间低处，除了绿还是有其他颜色的，

比如金银花的白，五月菊的黄，益母草的紫，野草莓的红，荼蘼花的粉。

金银花就是忍冬，初开时是白色，开至快要凋谢时转黄。金银花的外形没有什么特别，并不起眼，它的特别之处在于它的香气。金银花的香气是木质的——朴素、清新，明媚却不甜腻。入夏后，金银花的香气就弥漫开来，即使看不见花，也能感受到它的存在，一条香气的河流在山间流淌，悄无声息，绵绵不绝。

五月菊的名字是我随口叫的，不知道它的学名是什么，查了很多资料，仍然不知。五月菊的叶子像灰灰菜，花朵却完全是小雏菊的样子，金黄色的花瓣和花蕊，挤挤挨挨，像一群有着阳光姓氏的孩子，光着脚丫在竹林奔跑，在树下捉着迷藏。

村庄的犄角旮旯也随处可见五月菊的身影。皖南老房子多，有些老房子年久失修，没有人住了，五月菊就大模大样地入住进去，占据了墙根、天井、前后院子，甚至跨上了那有些颓塌的墙头，把荒废的老房子变成它们的夏宫。

益母草是唇形科的草本植物。唇形科的植物开起花来很有意思，张着性感的大嘴，下唇突出，向外夸张地伸着，滑稽地吐着舌头。益母草不像五月菊那么繁茂，不留意的人很难看见。我之所以看见，是因为它的名字，每次看见它就会想起住在乡下的母亲。

我曾不止一次地在文字里写过野草莓（蓬蘽），也为它写过诗，野草莓仿佛是我情窦初开时爱过的人，那爱是发乎天性的，纯洁的，没有丝毫欲望的气息，仅是对这人间美好事物的倾心。每年入夏，我会到野外采一些野草莓，只是这几年来，采野草莓已变成不那么容易的事了。湖边空地被大片开发，建成了楼盘；村庄边上和茶园里的野草莓不能摘，很可能有除草剂的残留。只有走很远的山路，去到少有人迹的山林深处，遇见的野草莓才可以放心摘下，在它未曾改变的津甜滋味里，怀念一下那久已逝去的年少时光。

荼蘼花入夏前就开了，到此时已然是一副星辰寥落的样子。想起《红楼梦》里那句“开到荼蘼花事了”，忽觉眼前亮晃晃的光阴暗了一下。此花开过，便是芳菲尽时。一年春去夏又来，故里草木逐日深。

乡村布谷

从我住的小区往浦溪河边走就是村庄，村庄的名字叫十字畈。入夏后天亮得早，人也起得早，便拿着相机，往十字畈的方向走，也不进村，只是沿着道路从村边绕一圈。

傍晚若不下雨，也带着相机来这条路上，没有景致可拍就快步走，有景可拍时就停下来，对着云雾缭绕的远山，或近处的一丛野花摁下快门。

接连几天，刚走近十字畈村口，就会听到布谷鸟的叫声，这叫声仿佛是一种提醒：你现在的位置已经是乡间了。

布谷鸟喜欢在雨后的早晨或傍晚鸣叫，叫声在很高的地方，声音清澈，响亮，传得也很远，布谷、布谷，布谷、布谷，像悬挂在村庄上空的一口钟。

在布谷鸟的叫声里，初夏的乡间顿时有了古朴的意境，宁静而空旷。

在布谷鸟的叫声里我会下意识地缓下步子，望向四周，进入视野的是已经成熟等待收割的油菜地；池塘里的莲藕已长出碧青如圆盘的叶子；准备插下秧苗的田里蓄足了水，倒映着明晃晃的天光。

我没看见那只布谷鸟，估计村子里的人也没看见过。布谷鸟对人类是很警惕的，只在村庄边缘出没，不像麻雀和燕子，把巢穴建在村庄的屋檐底下，与人类混居一处。

忘记是谁说过，布谷鸟是乡村诗人，听着它的叫声，就像是听着一个人站在高处，朗诵关于天籁、大地和庄稼的诗歌。

一个能听到布谷鸟叫声的村庄是幸运的。一个在小镇生活，又随时能走进乡间，感受田野气息，听到布谷鸟“诗朗诵”的人，更是幸运的。

菖蒲的生日

农历四月十四日，菖蒲的生日。

古时候的这天，以菖蒲为清供的文人会燃一炷沉香，给菖蒲修根剪叶，换上屋檐下水缸里新接来的雨水。

菖蒲属天南星科植物，多年生草本植物，喜湿地环境，江南多雨潮湿的气候很适宜它们的生长。草本植物也有生日，这算是一件稀罕事，当然了，这样的事也是文人的无中生有，因为喜爱，便将它人格化，并赋予一种精神的象征。

菖蒲有多种，养在案头的叫石菖蒲，体形小，叶子细长，形如兰草，又比兰草更为葱郁。皖南山间，沿着河流行走时常能见到石菖蒲，丛生于山涧石壁，河水日夜流淌、冲刷，竟也与之无碍。

年轻时有读书癖，只是没有单独居住的宿舍，更没有书房，好在不远处就有山谷，山谷中有溪流，就拿了书去溪流边读，坐在树荫下的石头上，听着叮叮咚咚的流水声，心一下子就静了。

读书前，先去溪边摘一根石菖蒲的叶子，截断，揉出汁液，拍在裸露的皮肤上。菖蒲的叶子有股子药草香气，有这香气在身上，就是披了一件防护衣，蚊蠓畏其为敌，退避三舍，也就不用担心它们冷不防的空袭了。

书读了几页，眼睛酸胀，就把目光从书里移开，投向溪流中露出半截的石头。每一块石头上都长着石菖蒲，没有人修剪，却生得茂密，如一座座微型的绿岛。

但凡植物的生长都离不开阳光和土壤，而石菖蒲却是另类，只需一方溪石即可。它将长而有节的根抱住石头，不见用力，已然入石三分，四季盈露，翠色不衰。

这也是古代文人推崇它的原因吧——“不假日色，不资寸土”“耐苦寒，安淡泊”。

石菖蒲的根能镇静安神，理气活血，祛风宣湿，是中药中的上品。然而我对植物的药用性所知甚少，偶于书上读得几句也是不得要领，也就止步于溪畔的欣赏，不去采挖，免得涂炭了神草。

每一种植物都有自己的名字，有生日的植物却是寥寥。菖蒲若有知，对此礼遇不知是喜是悲。

在我看来，石菖蒲还是生在山中溪流边最有野趣，养在家中案头，即便得了人的侍弄，也还是一副失神和呆板的模样。

人也是这样吧，长期居于四壁之间，难免会显得呆滞，而一旦进入空旷之地，呼吸山野清新的空气，人的自然属性也就得到了还原，身体变得轻盈，奔跑跳跃，快乐得像个孩子。

小满

羊在河边吃草
小牵牛在麦地开花

露水的村庄里
母亲用炊烟升起
又一个艾草香味的早晨

绿荫搭出长廊
等待一步步走向她的
麦穗一样的孩子

小满田野

五月菊黄色的花潮还未退下，一年蓬白色的花潮就涨上来了。

菜地的架子上，豆角藤蔓使着劲儿向上爬。一阵风携着湿漉漉的晨雾跑过来，掀开叶子，豆角花就闪出小小的脸来，不等人看清模样，又一闪，藏进叶子里。

土豆禾子上顶着零星的花，白色，淡紫色。土豆花已经开了很多天了，还在开。再过几天，这些土豆禾子就要被拔起来，一把小锄头轻轻挖下去，一窝土豆翻出泥土，大的小的，圆嘟嘟，满地打着滚。

油菜地里的油菜已经收割，整齐地码在地头，太阳下晒两天，秆子晒成金黄色，籽荚晒得饱满，蹲下来，能听到轻微又美妙的爆裂声，就可以在地间铺一块油布，打油菜籽了。

长脚秧鸡的叫声四面埋伏，有陌生人走过来，就尖叫着飞出，接着又飞出几只，叫声急切，失魂落魄的样子，在人头顶盘旋，

像是驱赶入侵的人，又像要将人的目光引向天空——低处的草丛里，有它们刚出世的孩子，还不会飞，被人发现是多么危险的事。

长脚秧鸡飞在天空的时候翅膀是白色的，落在田间就变成土褐色，如果不叫唤，很难被发现。颜色是最好的隐身衣，大自然的小生灵是深谙此道的。

田间有一片荷塘，小圆盘的荷叶，翠生生，还未成年。打眼看去，似有几朵白荷开在中间。这么早，荷花就开了么？待走近了，呼啦一下，荷花长出翅膀，凌空飞起——原来是白鹭一家，在荷塘享用早餐呢。抱歉抱歉，打扰打扰。

一片刚耘开的水田里，落着更多的白鹭。那是一个鹭群部落吧，安安静静的样子，仿佛在做早课。一位穿着红裙子的女子端着相机，从对面的田埂走过去，越走越近。鹭群变得不安，开始扇动翅膀，忽然，得到号令一般，齐齐地飞起。顷刻间，天空变成了一片漠漠水田，而鹭群翻飞的翅膀，就是水面向远处荡开的银色波光。

田野还有更多的鸟，斑鸠、阳雀、画眉、苦哇鸟、蓝尾山雀、布谷鸟……一只鸟的鸣叫，总有另一只鸟的应答，像是深情呼唤着对方的名字，又像是朗诵着一首清新的小诗，着迷般反反复复，毫不厌倦。

鸟声茂密时，田里的农人也多起来，戴着草帽，穿着高筒水靴，像鸟儿一样，一会儿落在田东头，一会儿落在田西头。

隔着一片水田，两个农人大声商议着种田的事。

“明天我家开秧门，早点过来吃饭啊。”

“好，给我煮十个大汤圆、两个五香蛋。”

“大汤圆，五香蛋，肉粽子，麻饼，红豆糕，蜜浸糕，谷雨

的新茶，都给你备好了。”

“炮仗呢，备好了吗？”

“开秧门，炮仗少不得，早备好了。”

鹭群飞回来了。天空又荡漾起银色的波光。镜面一样的水田里，倒映着鹭的影子、农人的影子。人行走在地上，仿佛行走在天空。

在鸟儿听起来，农人的对话也是一首诗吧？年复一年，在这个时节，被农人反复吟诵的田园诗。

一年蓬与车前草

一年蓬开花的时候最好认，花朵就是它们的勋章，也是它们的标志，将它们与别的草区分开来。而在此前的阶段，一年蓬是没有名字的，统称为杂草。

一年蓬应该不会对此有抱怨——几乎所有的草都是这样的命运，只在开花时能被人一眼认出，叫出名字，别的时候就成了无名者，面目是模糊的。

在过去，乡村里的女性也是这样，一生只在很短暂的时间里拥有自己的姓名，被人注目，而在未成年时则唤作丫头，结婚生育后就成了屋里的、烧锅的，或某某娘。

一年蓬在《诗经》里叫飞蓬，“自伯之东，首如飞蓬”，这里的飞蓬已不是田野里的植物，而是一个思念丈夫的女人茂密又蓬乱的头发。她的思念里是有着担忧的，丈夫从军远征，生死未卜，她的心也就日日夜夜地悬着，飘零着。

一年蓬是菊科，小小的花朵也很像菊的形状，花蕊橙黄，花瓣淡白，深一些的淡蓝。

一年蓬的花瓣纤细若羽，夜晚微微合拢，太阳一出就伞一样撑开。

有一年初夏，借住在山间，屋子四周全是一年蓬，从窗子里看出去，花朵挤挤挨挨，莹白一片。一年蓬长得飞快，两天前还是膝盖的高度，两天后就齐胸了，花朵也更加密集。

屋子的主人要将它们砍去，说屋子都给花抬起来了，出去的路也给封住了。我赶忙拦住。路封住就封住吧，住在这样的地方，每一朵野花都是路，通往寂静，也通往内心的清泉。

看见车前草就会想起奶奶。车前草是我最早认识的草药，奶奶教我认的。不过奶奶不叫它车前草，而是叫它蛤蟆衣子。

“端午锦都开了，你们两个小鬼别只顾着玩，去给我挖些蛤蟆衣子来。”两个小鬼指的是我和哥哥，我们俩只差一岁，个头一般高，又总是一前一后跟着，看起来像是双胞胎。

蛤蟆衣子到处都是，村子有泥巴路的地方就能见到。也真是奇怪，别的草都知道给人让路，长在人脚踩不到的地方，偏这蛤蟆衣子完全不管这些，路中间也长着，旁若无人的样子。蛤蟆衣子很好认，叶子大得跟猪耳朵似的，贴着地面向外摊开，到了育秧季节，就从中间抽出四五根长长的花梗，向上笔直生长，开出蓬松的穗状小花。挖别的野菜，比如马兰头和苦叶菜，只掐嫩叶子的部分。挖蛤蟆衣子得连根，抖掉泥巴，放进篮子里，绿油油，又肥壮，很快就将篮子装满。

挖蛤蟆衣子要在芒种前，过了芒种就是梅雨季，晴一阵雨一阵，前脚还是大太阳，后脚就落雨，这样的天晒不了东西，而蛤蟆衣子是要晒干存放的。奶奶房间里有两个大肚子陶罐，专用来储存晒干的蛤蟆衣子。头痛了，就打开罐子，摸一把出来煎水喝；肚子痛了，也打开罐子，摸一把出来煎水喝；伤风感冒，还是打开罐子，摸一把出来煎水喝。

奶奶去世那年九十二岁，去世前毫无征兆，自己去了趟厕所，回来时脚步有些踉跄，进房间，摸了一把深褐色的草药出来，靠着房门喊："丽敏，给我煎一下，肚子痛……"话没说完人就顺着门往地上滑。

奶奶去世时我十七岁，之后再没挖过蛤蟆衣子，但我每次走在野外，看到这种草时就会出一回神：这东西，长得到处都是，也不怕人踩踏，看起来很贱又很坚韧的样子，究竟能有多大的功用呢？奶奶一辈子把它当作神草，也不知它对奶奶那些无名的病痛，有没有过缓解的作用？

静夜有声

夜里忽醒，似被什么声音惊动。凝神听，夜野深处确实是有声音的。声音有层次，也有远近。近处是夏虫的鸣声，清浅透明，像一泓摇动水草的溪流。虫鸣之外是蛙声，整齐，稚嫩，如同这个时节刚插入水田的秧苗。

此外还有鸟的鸣声，从低处跃出，划过夜空，冲上穹顶，片刻又落入低处。入夏后的傍晚与深夜，经常能听到这种鸟的叫声，夜里静寂，鸟的鸣叫就显得更为清晰，像在梦里突然惊醒的孩子，大声叫着"妈妈、妈妈、妈妈……"急促，尖锐，要把天给啄破一般。

不知道这鸟声曾把多少人从睡梦中叫醒。我就是常被它叫醒的人。好在这夜鸟并不是持续地鸣叫，当它的高音从空中降落之后，就止息了，大地又陷入一片混沌的夜野。

但我的睡意已被鸟声啄破，流散而出，一时难以收拢，干脆放弃入睡，专注聆听起夏夜之音。这世界，只有在夜晚才属于古

老深邃的时间，属于简单、丰富又神秘的大自然。

大自然的声音在夜晚创造了一个完全不同的世界，在这世界里，城市与街道消隐了，房子变成石头，人变成小小的昆虫。而那些声音，就成了它所造世界的主角，每一种声音都有一张面孔，每一张面孔都有它的表情和故事。

小时候跟随母亲生活在深山，夜晚层出不穷的声音，激发了我生命最初的想象，也将我置入生命最初的恐惧。那时的山林里有庞大的动物王国：猿猴、豹子、狼狗、狐狸、野猪……夜里鸣叫的鸟类和昆虫更多，仿佛集体无眠，轮番上演音乐会。

人在幼年时胆子也小，我将听到的每一种声音都想象成鬼怪的形象，惊恐难安，将身子缩成一团，躲在母亲的腋下，不敢抬头。母亲有时也会变得惊恐起来，害怕滚过屋顶的雷电，害怕那强盗一样推搡着房门和窗户的狂风。

越是害怕，声音就会越发猖獗，而若是壮起胆，大骂或大吼一声，声音的恐吓力就变弱了。记得有一天夜里，风嘶叫着，不停地拍打门和窗子，眼看就要冲进来了，这时缩在床头的母亲突然跳下地，拿起扫把，对房门扔过去，嘴里大骂了几句。不一会，风声就止息了。

真是不可思议。很多年后，我跟母亲说起这事，问母亲当时骂的是什么。母亲说，当时你怕得直哭，我烦不过，就假装骂你，结果把风骂停了。

母亲说她也不知道什么原因。在深山里生活，经常会遇见奇妙的事，无法用常识解释。

现在，即便住在比那更深的深山里，也听不到山兽在夜里发出的声音。鸟声也变得稀少，只有虫声还嘶嘶地叫着，合奏着，但那声部也比过去单薄多了。谁也说不清它们去了哪里，那些曾令人恐惧的动物，人们已很长时间没有见到过了，仿佛它们已集体移民，去了其他星球。小时候害怕的声音，已成了如今的怀念。而如今还能听到的夏夜之音，又能存在多久？若干年后，会不会再一次消失？

其实它们在很多地方已经消失。在很多地方，人们在失眠之夜听到的，早已不是虫鸟之声和蛙鸣声。在很多地方，人们的耳朵被市嚣塞满，已然失聪。人们毁掉了山林、田野，创造了城市、街道，成了自己所造世界的主宰者。但当这世界只剩下人和人创造的事物时，是不是就到了尽头？当夜晚醒来，再也听不到静寂的天籁之音，人是否会陷入更大的恐慌，更大的静寂，或者说死寂？

芒种

雨意初歇，浮萍开了黄花
芦荻与香蒲列队在水边
面目清秀
像身着绿装的小兵

野鸭三两只，从一片深碧浮出
慢游，疾驰
在令人屏息的湖心上荡开
痉挛般的波纹

芒种之后是梅雨

到了芒种，长江中下游地区就开始进入梅雨季。

梅雨季的天气是无法预测的。看见太阳出来，满心欢喜，以为天晴了，忙着把屋子里的湿衣服晾出去，让太阳晒干。衣服刚在院子里晾好，还没转身，天又阴了，紧接着雨点子就砸了下来。

没办法，只得再把衣服收回屋子。片刻雨又歇了，阳光趁机从云隙里钻出，顽皮如孩童，在屋檐上洋洋得意地溜达着。

主妇们在院子里不停进出，收衣服晒衣服，反复几次，不免懊恼，觉得这是老天爷故意在戏弄人，再看见雨点落下，索性不去理会——反正这雨下不长，随它去吧。

但偏偏，这次的雨却正儿八经下起来，雨点落地的声音越来越密。主妇在屋子里听着不对劲，放下手里的活，去抢收衣服，来不及了，原本半干的衣服又淋湿了，主妇身上的衣服也淋湿了。

小时候在村子里经常看见这幕场景，也为此挨过揍——母亲临出门时叮嘱我：衣服晒在院子里，记得看天，天色不对就收回屋。我嘴里应着，等母亲走远，赶紧从抽屉里拿出借来的连环画——母亲不许我看这些书，我只能瞅着空子，在她离开家的时候看。书一捧上手就把什么都忘了，等书翻完，这才听见屋外的雨声，想起院子里还晒着衣服，大叫一声哎呀，跳起来，冲进院子——衣服早已淋得湿透，在雨里打着哆嗦。

小时候不喜欢梅雨季，到处泛潮，湿答答，那时还住在低矮的老房子里，空气中有股子散不去的霉味，井台、门槛、墙角，生满青苔，青苔沿着墙角爬上窗子，引来蜒蚰，不小心摸到，沾得一手，鼻涕样黏糊糊。

后来不知是心境的转变还是别有原因，我竟然喜欢起梅雨季来，觉得梅雨季是上天额外的赐予——在四季之外又多给出一个季节。不是所有的地方都有梅雨季的，只有生活在长江中下游地区的人才有此福分，感受这个时节特别的气候，在饱和的绿色里，领受阳光和雨水充沛的滋养。

也许是文学阅读改变了我的心境和看待自然的态度。第一次在德富芦花的书里读到："雨下了停，停了下，鸦声与蛙声此起彼伏，争唱雨晴。"即刻，一幅熟悉的画卷在眼前徐徐展开，那是梅雨季的乡村独有的画面，优雅、湿润、活泼而富于童话的色彩。

"水田大都插了秧，田里一片嫩黄，蛙声不绝于耳。从一块田流入另一块田的水声，浑厚震耳，唯有梅雨时节才会听到如此浩荡的水声……你看，村里冒出炊烟，因潮湿而难以升空，只能化作雾霭在地上爬行。你再看，山色已变得蓝深绿重，似乎滴下一滴水，那蓝色就会消融。"

一遍遍阅读着这些段落，体会着作者身处的环境和内心——这不仅是梅雨时节的山水画册，更是作者心灵的图景。当一个人心中充满平和的爱，充满对生命的慈悲，对自然万物的尊崇和敬意，才能写出如此富于神性，宁静而有暖意，犹如大地之诗的文字来。

蛇床

经过村庄，目光被菜园里探出篱笆的小脑袋吸引住，一团团的淡绿和月白，亲密地挤簇在一起，远看酷似绣球花，走近了看，原来是胡萝卜的花球。

胡萝卜是伞形科，没想到它竟能把花开得这么隆重，丝毫不逊于养在庭院里的观赏花卉。

伞形科植物的花大多低调、朴素，简直不像花，不过它们成片开着的时候还是颇有气势的，就像下雨天里，刚放学的孩子们一拥而出，全都打着碎白点子的雨伞。从高处的窗口看去，会觉得那是一道让人心动的风景。

半个月前，在浦溪河边曾遇过另一种伞形科植物的花，那植物有着令人起栗的名字——蛇床，据说蛇很喜欢盘踞在它附近，将它的花叶当作舒服的床帐，将它的种子当作美食。

想必蛇床这名字吓倒过不少人吧，让人退避三舍，不敢近前。

我倒没有被吓住，照样走在它们中间，弯腰采摘花朵。

曾有人问过我，你经常在野外行走，就不怕遇见蛇吗？

想想，还真没有怕过。怕是事先进入内心、经过想象发酵的恐惧，而我每次走进山野的时候，心里只有欢喜，并无恐惧。

蛇在山野是常见之物，几乎每年春夏之际都会见到，也时常会听到它穿过草丛的瑟瑟声，这时我就站着不动，很礼貌地给它让路——这是它的地盘，那就让它先走一步吧。

当然也有过正面相逢的时候。二十来岁，有次在竹林拔笋，手伸过去，才看见上面盘着一条蛇，头高昂着，浑身透着冰冷的杀气。赶紧缩回手，屏气敛声地撤离，走开十多米后才回过神，很夸张地尖叫一声。

回家把这事告诉父亲，把蛇的形状颜色仔细描述给他，以为会得到父亲的安抚，谁知父亲轻描淡写地说，有什么好怕的，这是乌梢蛇，没有毒。

顿时觉得自己白受了一场惊吓，又失落又惭愧。

此时已是六月，正是蛇床落花结子的时候。蛇床的种子也叫蛇粟，是中药房里必不可少的一味。

也有人把蛇床叫野胡萝卜，可能是它的外形与胡萝卜实在过于接近吧。

蛇床的花叶种子与芫荽的花叶种子也极为近似，又都有股子浓郁而又特殊的气味，喜欢的人觉得芳香迷人，不喜欢的人呢，会觉得很臭，避之唯恐不及。

如此说来，这世上本无香臭之分，香可以是臭，臭也可以是香，就看你是喜欢还是厌恶了。

芭茅花

梅雨时节，野外可看的花已不多，远近群山皆为绿色。

也不是什么花都没有，芭茅花就开在此时。

“开”这个字并不适合芭茅花。“开”是打开、绽放，而芭茅花则是从裹得紧紧的青茅里抽出身子，再将花穗纷纷披散。

芭茅花的颜色很难说清，从青茅里刚抽出时是淡淡的青紫，迎着晨光看去，又觉得是绛红，到了黄昏，夕阳的光里再看，又变成金红了。

雨天看芭茅花没有那么多颜色的变化，始终是土红——这才是它的本色吧。

芭茅花从青茅里抽出后，过了两天，穗顶就吐出了柔毛，星星点点的白。再过一天，又吐出一些。梅雨季过去，芭茅花已是满头银白了，松鼠尾巴那样蓬松着，风一吹就不停地摇。

芭茅花开的时候阵容很是强大，有千军万马之势，山坡、河边、

村庄的道路两旁，无处不是它们。在乡间人的眼睛里，芭茅花不是花，它们只是野草，侵略性还很强，没几天的工夫就能把一条路吞没。要是一户人家没有人住，不出半年，芭茅花就能把这户人家的门给堵起来，前前后后，围个密不透风。

村里就有不少房子是这样的，门前站着比人还高的芭茅。看那些房子，盖起来也没多久，还是新的，怎么就没人住呢？问村里的人，才知道房子的主人出去打工了。

房子就是打工的钱盖的。房子盖好了，人还得走。坐在家里生不出钱来，得出去挣钱啊。村里人说。

人常走的路上，芭茅花是落不住脚的，刚抽出花穗就被割掉。割芭茅要一点技巧——手要使劲，抓紧一大把，再用镰刀割下去。若是抓松了，芭茅叶子在手里打一个滑，就会伤到手。芭茅的叶子很厉害，有锯齿，碰一下，皮肤上便划出一道血口。

芭茅叶子再怎么厉害，却拿鸟儿没有办法。大大小小的鸟儿都喜欢在芭茅丛里钻来钻去，在里面垒窝，生儿育女。鸟儿们还喜欢在芭茅秆子上荡秋千，爪子抓住细秆，一上一下，荡几个来回，嘴里还不忘唱歌。

也有好几只鸟儿站在同一根芭茅秆上的，彼此梳理羽毛，打闹嬉戏，把秆子压得低低的，弯成个括弧，快要断的样子。等鸟儿呼啦啦一起飞走，芭茅秆子又弹了回来，丝毫无损。

雨天的清晨，站在开着一大片芭茅花的路边，耳朵里听着芭茅丛里传出鸟声和虫声，会觉得，自然界里的小生灵比人更懂得如何生活，如何快乐，觉得每一片芭茅花的深处都有一个小小的王国，神秘又迷人。

夏至

汛期已至。浦溪河碧草青青
想起河那边一个叫城澜的地方
想起你曾带我去过那里

也是这个季节，雨下过又停
我们站在桥上——
近处是漫起来的河水，远处是村庄

更远处是山。云雾在山间升起
——暮色缓缓下降

桥边有两棵树，和我们一样
叶子挂满了雨水
枝丫缠绕，挂满沸腾又宁静的蝉鸣

夏至与仲夏节

夏至是仲夏的节气，一年中白昼最长的日子。“过了夏至边，一日短一线”，每到夏至，父亲就要将这句老话念一遍。

一线是多长时间呢？我问父亲。父亲说过去妇女纳鞋底，纳完一根棉线，鞋底就多出三行，那一线就是纳三行鞋底的时间。我没纳过鞋底，还是不知道一线有多长。

夏至在古代是个大日子。《史记·封禅书》记载：“夏至日，祭地祇，皆用乐舞。”中国古代民间，夏至这天必有歌舞宴会，久违的闺蜜相见，会互相赠以彩扇脂粉。如此说来，在中国古代也是有仲夏节的，只是这迷人的风俗，不知何时就日渐式微了，到如今，夏至只是一个节气名。

到了夏至，皖南徽州的山水村落就越发显得洇润。徽州地处长江以南，夏至之前便进入黄梅天。黄梅天多雨，这雨行踪不定，用古话说就是“一霎儿晴，一霎儿雨”，因此在黄梅天出门，手里必撑一把伞，太阳出来遮太阳，雨出来遮雨。

黄梅天有一个月，几乎整个仲夏都在黄梅天的酥雨里泡着。也有些年份，黄梅天里竟没有雨，一滴雨也没有，而过了黄梅天后，那雨才轰然而至，把河塞满，把田地庄稼淹没——这就是不好的年份，村里人称这样的天气为干梅或倒梅。想必“倒霉”这个词就是由“倒梅”而来的吧。

夏至这天，有小孩的人家要烧一只梅鸡给孩子吃。梅鸡就是仔公鸡，是春天孵出来的，长到这时鸡冠已开始泛红，成天在小母鸡身边转悠，就要打鸣了。给孩子吃的梅鸡一定得选那还没打鸣的，烧好后要让孩子连皮带肉整只吃下，除了骨头，什么也不能剩。据说这样吃梅鸡才滋补。

吃过梅鸡的孩子，接下来的伏天里就不容易掉膘了。

夏至之后，鸟雀多了起来，它们把绿野当作乐园。幼鸟也已出巢，开始自己觅食。这个季节的食物太丰富了，除了树上的浆果，田里、菜地里，也有很多它们觉得不错的美味，鸟雀的这一行径让菜农很是烦恼——熟了的瓜果被啄上几个口子，坑坑洼洼的，怎么拿到集市上去卖呢？

对付这些鸟雀的办法也是有的，把破渔网拉开，罩在菜地上，或把红色的破灯笼挂在菜地里，吓唬它们。对这些不明来历的东西，鸟雀们开始也有些畏惧，过了几天就忘乎所以了，站在挂灯笼的竹竿上，扭头摆尾，大声叫嚷。

夏至之后，稻田里的豆娘也多了起来。豆娘的学名叫蜻蛉，红蜻蛉、蓝蜻蛉、黄蜻蛉、绿蜻蛉、黑蜻蛉、紫蜻蛉……大自然里所有的颜色，在蜻蛉的翅膀上都能找到对应，鲜妍绝伦。蜻蛉

夏至

身形纤小细长，是昆虫界的小仙，也是稻秧们的守护天使。它们看起来弱不禁风，对付起稻秧上的蚜虫却令人刮目：嘴里衔着蚜虫，缓慢地、极其温柔地将其吞下，过程充满爱意，不像是捕食，倒像是一种深情款款的爱意表达。

在生物中，蜻蛉的交配姿态最为优美，堪比高难度的行为艺术。雌蜻蛉细长的尾部从中端向内弯起一个括弧，如同雅致的问号，抵住雄蜻蛉的后颈；雄蜻蛉的身体从翅膀以下，以达到极限的弧度向内弯曲——这是多么谦卑的求爱姿态，近乎卑躬屈膝。当雄蜻蛉的尾端触到雌蜻蛉的腹部，便磁石般吸紧，生命美丽的交合开始了。

交合中的蜻蛉并不知道，它们身体连接所呈现的形象，是人类固有的爱之喻象——一个完美的心形。披着各色彩衣的蜻蛉长久地、安静地伏在绿叶上，即使飞在空中，依然保持这优雅的造型，仲夏的田野也因此更为浪漫，令人着迷。

仲夏最明显的特征是昼长夜短，天亮得早，黑得晚。此外，瓜果菜蔬在这个时节也显得格外丰裕。早晨去菜市，一路走过，满目琳琅，皆是鲜果——胭脂李、青脆李、五月桃、油桃、杨梅、车厘子……成筐地挤在路边，披着果霜和露水，仅看着就觉得甘美，口中止不住溢满津液。

仲夏算得上是小收获季。在农耕时代，逢上收获季便是要举行仪式庆祝的——想来古人把端午节放在仲夏便有这层意思吧，辛苦了半年，到了这时候，是该把收成拿出来，先祭祖先、神灵，再犒劳一下自己，既是对护佑万物生灵之神的感恩，也借此稍作歇息，制造并享受一番生活的乐趣。

温度适宜、食物丰足的月份，也是恋爱和婚嫁繁育的月份——这是生命的本能，也是然的律令，自然界中的动物如此，人类也如此。只不过过去汉人的婚恋观很保守，自己是做不得主的，要父母之命、媒妁之言。而欧洲一些国家就开放得多，还为此专门设立了一个节日——仲夏节，年轻人在这天欢聚在一起，夏花一样绽放着，在歌舞游戏中尽情享受生命之美，挥霍着体内蓬勃的生气。

我对仲夏节的了解来自于书籍和电影，英国作家哈代的小说里，就有对这个节日场景的描写，青年男女在仲夏的乡村舞会上相遇，一见倾心，由此而尝尽“温柔的折磨，苦辣的甜蜜，愉快的痛苦，惬意的忧伤”，几番波折或劫难后，有的终成眷属，有的则丧失了性命。

苔丝姑娘就是丧失性命的那一个。

在仲夏的乡村舞会上，苔丝遇见了城里的小伙子克莱尔。克莱尔因为一时兴起，加入了乡村舞会的行列。他的活泼和有别于乡村青年的学生气质打动了苔丝，在她心里种下情根。但克莱尔只是偶然路过这里，跳完两支舞就离开了，他甚至没有注意到苔丝——只在离去的那一刻才看到苔丝，为自己没有同她共舞而暗生悔意。

哈代在小说开端便把乡村舞会写了个详尽：在舞会上，女人们要穿白色裙子，右手拿着一根剥了皮的柳树条，左手拿着一束白花。柳树条是用来拍打舞伴的—当然不是用力真打，而是在对方身体上轻柔地掠过，这个动作更像是对心悦之人的传情。

在这个一年一度的舞会上，每个女人的面孔都是美的，"人人心里都有一个小太阳，温暖着各自的心灵。那是一种迷梦，一种痴情，一种癖好，至少是一种渺茫的希望，这种希望虽然可能正在化为泡影，但却依然活在人们心中，因为一切希望都是如此"。

哈代对他笔下的女主人公苔丝姑娘是极为同情的，也是爱的，但他无法改变她的命运—即便他是苔丝的上帝（对于小说里面的人物来说，创造他们的作家就是上帝）。

命运，或者说生活，自有它运行的轨道和规则。不同阶层之间的爱情，演绎成悲剧，在莎士比亚那里在所难免，在列夫·托尔斯泰那里在所难免，在曹雪芹那里在所难免，在哈代那里也是在所难免的。

打碗花

夏至后，打碗花开得越发肆意起来。

打碗花在野草花里是醒目的，乡间道路上常能见到，淡粉红色，匍地而生，或攀缘在石壁、篱笆和小灌木上。

打碗花是旋花科，和牵牛花是近亲，长得也像，一个家族的表姐妹，面目相似是难免的。很长的时间里，我就以为它们是同一种花，只奇怪为什么有些被太阳一晒就蔫了，而有些能开一整天，丝毫不惧阳光灼烈。

后来才知道，那能开一整天的并不是牵牛花，而是打碗花。日本人把打碗花叫作昼颜，就是以此特征取名的。

打碗花不能摘，摘了就会捧不住饭碗。小时候常听大人这样警告。这警告对孩子是没有用的，只会勾起更大的好奇——真的会打碗吗？那么摘一朵试试。

我小时候总是跌跤，膝盖青一块紫一块，没消散过；也常打

碗，为此吃了不少苦头，不仅挨揍，还要承受心里的惊骇——碗从手里掉落的一瞬，就陷入大祸临头的恐惧。我宁愿自己摔得头破血流，也不愿手里捧着的碗破一点点。但是没办法，碗落地就裂了。

至今我仍听不得碎裂声和尖锐的刮擦声，一听到就心脏紧缩，有窒息感——小时候留下的阴影。

和打碗花相像的还有番薯花和蕹菜花。

几年前，在太平湖边一片菜地里看到淡紫色、酷似打碗花的番薯花和蕹菜花时，简直惊艳。这之前，我不知道它们也是能开花的，仿佛它们在人间的使命只是默不作声，长出实用的根茎，供应人们的肠胃，而与美艳无关。

鱼腥草的气味

想到鱼腥草就会想到盛夏。雷雨过后的山间。一条挽着溪流在林中漫步的小道。山林绿如深潭，每一片叶尖上都噙着透明的水珠子，风一晃就坠落。人走在林子里，听着四面滴答的声音，呼吸着草木浓郁又清冽、介于芳香与微腐之间的气味，觉得自己也渐渐透明，雾化，随时会消失在这一汪绿潭里。

忽然的，林子里亮起来——有光柱裂开云隙，一头扎在山林上空。头顶的水珠子在发光，叶子也在发光。小道两边，不知什么时候涌出大片花朵，白莹莹，裹在绿裙子里，在光影中奔跑，如浪花跳跃，然而又是静止的。

这静止的浪花就是鱼腥草的花。

不知道是谁给这草起的名字，说不上不雅，却很容易让人联想到鱼类那特有的气味，强烈到无法忽略，刺激着人的嗅觉。

想起来了，林子里那股子说不出的，介于芳香与微腐之间的

气味，就是这鱼腥草散发的吧？

阳光持续笼罩，山谷里一团团云朵汹涌而出，在山腰聚集，又被风驱赶，像一群白羊一样被赶到山头，赶到天上。阳光是发酵剂，空气里很快有了酒的味道，致人轻度迷幻。鱼腥草的花更加密集，气味也更加浓郁——确凿无疑的，植物荷尔蒙的气味。

那么贞静的植物，竟然会散发出动物的气味，这是越界？还是自我身份认知的谬误？不过动物也会散发出植物的气味，比如人——有些人的气味就像青草，有些人的气味像水果，也有一些人的气味像冬天落尽了叶子的树。

鱼腥草是能吃的，新鲜的可以做菜吃，晒干的可以泡水喝，还是很好的药草，能治咳嗽，清肺热，降血压。

几天前，在黄山西麓，一个名叫竹溪的村子里，就见到一户人家门口晒着鱼腥草。晒干的鱼腥草呈秋草色，干枯洁净，已闻不到之前的气味——那微微刺鼻的，说不上好闻，却有着旺盛生命力的气味。

即日小暑，晨起仍有雨声

池塘里的荷花开了几朵
路边的合欢还在开着

洪水退下之后
与寻常又美好的事物重逢
有隔世的恍惚

那些看似脆弱的生命
也有如此的坚韧
它们还在那里，在原来的地方

以幸存者的身份，静静活在
自己的角落

出梅入暑

到了小暑，皖南的梅雨季就算结束了，那似乎总也走不出的雨巷终于望见尽头，阳光在巷外铺展，如一面流淌光焰的旗帜。

从雨巷走出的人望着这面亮晃晃的旗，一瞬间有克制不住的眩晕感，既欣喜又畏惧。

有三十多天没有见到日头了吧——或许更久。

整个梅雨季，太阳像是一个颇有耐心的隐匿者，从天空撤去它的踪影，屏声敛息，藏进谁也看不见的匣子里。这在往年是没有过的（也许是记忆的偏差）。往年的梅雨季，太阳并不会彻底让自己消失，而是时不时会从云隙露出半边脸，探出几束光，把低处的云朵镶成金莲花的样子，把雨丝也染成金子的颜色，使人疑惑那从天空撒下的不是雨，而是饱熟的谷粒。

今年梅雨季除了雨还是雨。雨下得实在太多，过程又漫长，温度也随之降下不少，分明是小暑的节气，身上穿的却还是春天

的衣裳。这样的温度虽也宜人，但因季节不对，难免叫人生出几分不安，担心整个夏天都处于这不明不白的状态，被雨水和低温的天气侵占。

担心显然是多余的，盛夏并没有因长久的梅雨而耽误它的行程。像个极为准时的人，它踩着点，在入伏这天的清晨，“嘭”的一下推开门，到来了。

最先点亮盛夏的不是梅雨后的日头，而是蝉歌。

说来奇妙，同为一种昆虫发出的声音，不同的季节和天气，音色与响度皆不相同，甚至一天中每个时间段的蝉歌听起来也是有区别的。

春天的蝉歌就像春天本身，是青翠的，稚嫩的。秋天的蝉歌则有些苍凉，声声断断，一唱三叹。晴朗的天气里，蝉歌也显得奔放热烈，雨天的蝉歌则弥漫着水汽与清寂，仿佛那蝉歌深处有一座长满青苔的古寺。

蝉歌的韵律其实是简单的——可以说是单调，但你怎么听也听不厌，也不觉得是一种喧扰。不止是蝉歌，属于自然的声响——雨声、蛙声、鸟声、虫声，都是大自然献给人类的音乐，带来的是心灵的宁静和天籁之美。

最有气势的当属入伏之后的夏蝉了。天还没有亮，夏蝉的歌唱就响了起来。起先是一只，拖长了声调，咹咹咹地唱一阵，忽而止歇。随后，另一只蝉的吟唱升起，嘶嘶嘶，嘶嘶嘶，音色清越，如玻璃般透明。

凌晨的蝉歌并不密集，是无伴奏的清唱。闭着眼睛听，感觉那蝉歌幻化成一束烟花。烟花燃放在低空，看起来又像是一棵树，静静地矗立在那里。

到了正午，蝉歌陡然盛大起来，变成了合唱。正午的蝉歌不再是一束烟花或一棵树了，而是一条漫无边际的河流，一座高耸入云的山峰。

正午的蝉歌也是一场声音的大雨，和梅雨季的雨一样，连绵不绝，从虚空之所落下，银亮的水花四溅，淌向大地的每个角落。

盛夏的蝉歌是不知疲倦的，几乎没有停歇的时候。傍晚走在一条山路上，耳边的蝉歌比白天还要隆重。尤其走近一座竹山，从竹林里溢出的蝉歌热烈又执着，充斥天地，使人觉得这个世界比眼前看见的更为神秘、深远。炎炎夏日也因这蝉歌而多了份依持，变得笃定。

苎麻的村庄

看中一件苎麻面料的裙袍，绯红底子，印着缠枝花鸟，像一个在箱底压了几百年的梦，很适合古装戏里的女子穿。犹豫了好多天，还是下了单，就算不穿它，也要为那个梦买下来。

苎麻在皖南是常见的植物，成片生长，村里村外，每一个角落都能见着它。村里人把苎麻叶称为麻叶子，麻叶子是猪草，猪似乎很喜欢它的口感，把嘴巴插在食槽里，吃得咵咵响。

小时候村里家家都养猪，孩子们帮大人干的最多的活就是打猪草。放学后，书包往凉床上一扔，去厨房，抱起大茶壶灌几口，背上竹箩跑出门——门外已有两三个孩子在等，肩上也都背着竹箩。

孩子们在一起干活就像是玩游戏，也都有股子比赛的劲儿，比谁认得的猪草多，比谁的竹箩先装满。

在众多的猪草里我最喜欢采麻叶子。苎麻的茎秆细长，有半

人高，又生得密，叶子大如手掌，正面青绿，背面茧白。出村口，远远见到一片苎麻，赶紧奔过去。采麻叶子的手法是捋，手伸到茎秆底端，迅速捋上来，一大把叶子就握在手心了。

一片苎麻变成光杆子立在那里时，竹箩差不多也快装满，离天黑还早，剩下的时间可以去采花、捉昆虫、摘野果、编草手镯和草戒指。

没几天工夫，那被我们捋去叶子的苎麻又长出新的叶子。植物的再生能力真是强大，和人的头发一样，剪去又长，剪去又长，只是不知道，当人们捋它们的叶子时，是否和剪头发一样没有痛感。

入暑后，日光强烈，村里的孩子们放了暑假，一帮一帮地待在河里，捉鱼，游泳，或者坐在树荫下等风。风吹来时，整个村子的苎麻叶子都翻转过身子，白浪起伏，直晃人眼，这时你会发现，原来半人高的苎麻已长成了密林，村庄、河流、田野，就在这“日暖桑麻光似泼”（苏轼《浣溪沙·软草平莎过雨新》）的林子里住着。

伏夏的河

小暑后即是伏夏。

伏夏在我的感觉里就是一个长长的假期，找一处干净的阴凉地，躺着或靠着，身边当然还要有几本书，有茶或半只西瓜，困了就合眼睡一觉，睡醒了喝点茶，用勺子挖几口瓜瓤吃下，再翻几页书，就这样懒洋洋地消磨着，从早到晚，什么都不做也心安理得——因为天热呀，这大热天的，动一动就是一身汗，能做什么呢?

有几年我就是这样度过伏夏的，那时还没出校门，不用上班，就把暑假当作实实在在的假期来虚度。所谓的阴凉地也就是家里的那张芦草席，把它铺在堂前的水泥地上，天花板中间吊着一只大风扇，档位扭到最低的位置，风叶慢悠悠地转动，发出哐哐的声响，响声也不扰人，倒有使人宁静和催人昏昏欲睡的效果。整个夏天我就在这方寸天堂待着，极少出门。门外的日光白亮如刃，看一眼，眼珠子就有被划伤的痛感。

更小一些的时候是不怕这日光的，也不能安分地待在家中。那时候喜欢在河里泡着，那河就是村外的小河，河面窄的地方使劲一跃就到了对面，宽的地方也不过七八米。河水也不深，河底的细石子看得清清楚楚，小鱼小虾也看得清清楚楚。这样深的河水父母是不用担心的，不会出什么危险，再说又不是单独一个人，还有村里别的孩子，年岁差不多大，整天在河里泡着。

村里的河似乎就是为了成全孩子在夏天的快乐而存在的。孩子们在河里游泳，打水仗，捕鱼钓虾捉螃蟹，身上的衣服干了湿，湿了干，直到天空的日头撤去灼人的光焰，快下山时才上岸，回到各自的家里，手里拎着这一天的战利品——用狗尾巴草串在一起的河鱼，或用空罐头瓶装着的小虾小蟹。

对孩子们来说，捕鱼捉蟹这件事是不用学的，天生就会干，就像猫生来就会捕鼠，是出于捕猎的天性，也是远古祖先遗留在后代身体里的生存本能。当然，孩子们干这件事更多的是出于游戏的心态，觉得好玩。

捕鱼的方法有多种，用竹簸箕在河里直接捞是最简单的。这方法讲究的是身手的敏捷性，看准了鱼，将簸箕快速兜下去，再快速提起来，水从簸箕的细缝漏出，留下来的就是鱼了。比较有趣的捕鱼方法是筑坝，选一处水浅的地方，用石头拦河筑一道人字形的坝，坝中间留一个缺口，竹篓接在下面。坝筑好后，孩子们排成行，在坝上的河域不停地赶，水花四溅，河面像煮沸了水的锅，角角落落的鱼儿被赶得慌了神，混乱中就钻进了竹篓。

比较安静的捕鱼方法是垂钓，这方法适用于深一些的水域，用蚯蚓做饵，穿在鱼钩上。那鱼钩是自己做的，从母亲的针线盒里偷一根缝衣针，火苗上略烤，用老虎钳将它扭成钩状。钓鱼是需要一些耐心的，也需要技巧，在河边长时间坐着很容易犯困，不过，当看到水面静静浮着的鱼漂突然抖动，顿下又浮起，又顿下，精神头一下子就来了——这是鱼在水下试探鱼饵呢，此时要沉住气，等鱼漂持续上浮时迅速提竿，看见鱼儿挂在鱼钩上甩尾巴的那一刻，兴奋与快乐真是无与伦比。

男孩子更喜欢在石壁缝里摸鱼。鱼是敏感的，之前还聚在河心，优哉游哉，玩着鱼族的游戏，当水面稍有动静时，它们便四散逃开，一眨眼的工夫就不见了。男孩子走到石壁跟前，仔细查看，石壁缝前的水草和沙土若有翻动的痕迹，就意味着里面躲进了鱼，痕迹越是新鲜明显，躲在里面的鱼也就越大。男孩子弯下腰，脸贴近水面，一只手把守在石壁缝口，另一只慢慢伸进去摸寻。躲在里面的鱼感受到威胁，向外逃生，不料却撞在把守于石壁缝口的那只手中。有经验的男孩子一摸一个准，很得意的样子，将鱼扔到岸上，在岸上等着的小跟班雀跃着奔过去，把蹦跳在地的鱼捡起来。也有一些时候，男孩子的手刚摸进石壁缝，便触到一个圆溜溜的家伙，心念一闪：这是一条黄鳝！使劲抠住，拽出，待看清了手中的家伙，又慌忙扔开，跌跌撞撞爬上岸。

喘着气，回头再看，那不过是条无毒的水蛇，头昂在水面，身子一扭一扭，又回到石壁缝里睡大觉去了。

时常也会有摸到螃蟹的时候，被它的螯足死死钳住，赶紧抽出手来，那蟹还是不依不饶，钳紧在手指上，怎么也甩不脱，痛

得男孩子咧嘴惨叫。

河里的螃蟹个头不大，喜欢隐居在壁缝和潮湿的石头下面。把河岸的青石和河底的鹅卵石翻开，十有八九会见着它们。螃蟹失去了隐身之所，显得很惊慌，举起它的武器——两只大螯，威胁着入侵者，一副虚张声势的样子。但在此时，螃蟹的武器是起不了什么作用的，男孩子避开它的螯足，用食指摁住螃蟹的背部，轻易就将它捉住了。

被捉住的螃蟹在男孩子手里免不了要受一番活罪。男孩子会先卸去它的武器——扭断它的两只螯，再把它翻开，腹部朝上，用指甲剔开它腹部那乳白色、像搭扣又类似护甲的一层软壳，在壳壁上找“法海”。

法海就是《白蛇传》里那个多管闲事的和尚——白娘子的死对头。据说白娘子水漫金山后，法海和尚无处可逃，一头钻进螃蟹的肚子里，之后再也没有出来过。这个传说也不知道是从哪里听来的，孩子在好奇心的驱使下，每捉到一只螃蟹，必先打开它的腹部，仔细查看里面是不是躲着一个和尚模样的家伙。

男孩子们拎着战利品回家的时候，最亢奋的就是家里的猫了。远远迎过来，仰脸望着，着急地叫着，像是撒娇讨好又像是乞求，男孩子们走到哪里猫就跟到哪里，尾巴在他们的脚跟绕来绕去，喵声不绝，一声高过一声，简直等不及要扑上来抢。没过一会儿，猫就得到了属于它的食物——一碗鱼、蟹的内脏。

洗干净的螃蟹抹上盐，用油炸，炸得橙黄香酥，是晚餐桌上的一道美味。把清理过内脏的河鱼洗干净后，用盐腌上，放进碗橱。这鱼当天是不吃的，得在第二天的日头下晒过，脱去水分，吸入阳光的香气后用辣椒炒着吃，这样吃起来更有嚼劲，也更有味道。

我家晒鱼是把鱼一只一只贴在门口的墙壁上，高度是猫碰不到的地方。在墙壁上晒鱼真是一绝，现在回想起来也觉得有点不可思议。墙壁是垂直的，鱼皮又没有黏性，照说是贴不上去的，但事实并非如此，鱼贴上墙后就像被墙壁吸住了一样，很少会自己掉下来。在墙壁上晒鱼是为了防止猫偷吃，也有炫耀的意思——过往的人一打眼就能看到墙壁上整齐排列的鱼，免不了随口夸一句：你家卫东真能干，又捉了这么多鱼。

卫东是我哥的名字。在村里不止我哥叫卫东，还有另外两个男孩也叫卫东。不过一说到能干的卫东，那一准是我哥。上山砍柴火挖野菜打猪草，下河捕鱼捉蟹抓泥鳅——这些事，村里差不多大的孩子没有一个能及得上我哥的。我呢，自然就是他走到哪儿便跟到哪儿的小跟班了。

我哥并不乐意我做他的跟班，嫌我是个女孩，胆子小，好哭，还时常告他的密。比如有一次，他和几个男孩跑到离家五里地外的大河去游泳，说好了让我不要说出去，但我很快就告诉了我妈。我妈没等我说完脸色就变了，转身向大河的方向跑去，没过一会，我哥被我妈揪着耳朵一路哎哟哎哟，杀猪似的号叫着抓回来。我妈是决不允许家里的孩子靠近大河的，大河水面宽，深不见底，以往的夏天就吞下过小孩。

我哥被抓回家后，耳朵根子已揪破了皮，淌出了血，血顺着脖子流下来，像条长长的蚯蚓，看起来很是吓人，但这仍没能使他免去惩罚。他光着腿，在屋角的搓衣板上跪着，一直跪到太阳下山，炊烟升起。

大暑

拂晓，天空即有酩酊之意
一排排云霞拥簇东山
密谋整夜，要在日出时
掀起一场妖娆的暴动

大地之上
正在苏醒的事物都在发光
斑茅草，鸡爪槭的果翅
香樟的每一片树叶以及
稻田里无以计数的露珠

——还有怀抱它们的十万座山
十万条河

豪饮盛夏浓酒
在倾覆而下暴烈的光中
它们互为阴影，又彼此照耀

六月心

大暑在农历的六月，皖南管这段日子叫作六月心。

六月心不宜办喜事，比如婚嫁和乔迁，不宜给婴儿断奶，说是会落下苦夏的根子，一到夏天人就消瘦，寝食不安。

六月心也不宜生孩子和办丧事——只是这两样就没办法控制了。世间事最不可控的就是生和死，瓜熟蒂落、叶落归根，皆是自然规律，人是拦不住的。

种种不宜，皆因六月心的温度过高，天太热。太热和太冷的天气使人感到神思恍惚，倦怠，不想做过于劳心费力的事。

无论天气多热，有两件事是六月心里必须要做的，一是挖茶山，二是晒霉。

挖茶山就是给茶山松土，除去杂草。徽州人家的茶山一年要用板锄挖两次，春一次夏一次，前一次叫挖春山，后一次就叫挖夏山。

挖春山是在春茶正待萌芽的时候，这时的太阳是温煦的，泥土是松软的，挖起来还不算太累。挖夏山就是另一回事了。

挖夏山要么起早——天一亮就上山，要么赶晚——太阳落山后再到山上去，把中间日头最为暴烈的几个时辰避开。就算是这样，一季夏山挖下来，人还是瘦得眼眶深陷，颈脖手臂布满晒斑和红肿。

山上有一种名叫洋辣子的虫子，小小的，肢体有绿色的毛刺，附着在草叶上。这家伙貌不惊人，蛰起人来却厉害无比。若不小心碰到，那火烧火燎的疼痛能把人的眼泪逼出来。和洋辣子一样厉害的还有隐翅虫、毒蜘蛛。蚊虫和飞蠓就更多了，围着人团团转，简直没办法躲开。

这些都算不得什么，最糟糕的是碰上蛇、蜈蚣和虎头蜂，给它们咬上一口，那是“不死也要脱层皮”的。

我父亲挖夏山会把自己包裹得严严实实，像个阿拉伯人似的才上山，即便如此，局部的皮肉还是免不了遭遇袭击。

村里有几个年老的男人，整个夏天就只穿个大裤头子，腰上扎一根粗布腰带，脖子上搭一块毛巾，在野地里干活也是这样，似乎从来就不怕天上的日头，也不怕山上的毒物。说来也怪，当他们扛着板锄下山时，依旧好端端的，只是腰背比之前显得更佝偻了一点。这些老人已是古来稀的年纪，皮肤如同古老植物的化石，黑黄粗粝，遍布虫眼，给洋辣子什么的蜇上几口，根本就不当一回事了。

六月心晒霉是女人家的事。乡间讲究的人家把晒霉叫作晒福（伏），这样说显得吉利，也贴切。

晒霉是要选日子的，头天就要把天气看准。傍晚时，天空若是有斑斓的火烧云，第二天必定会是大好的晴天，这样的日子晒霉最好，不必担心会有乌云突然滚来。

晒霉那天家里的孩子也是要帮忙的，清早就得起床，帮着母亲翻箱倒柜，把里面的物件挪出来，搬到前院。大多是母亲当年陪嫁的东西，各种质地和花色的被面，孩子们从小到大穿的衣服，还有一些只在特殊的日子，比如走亲戚时才会穿的衣服。这些物件常年压在箱底，晒霉的这天翻出，摊开的时候，一股陈旧又亲切的味道扑面而来，在空气里弥漫。

晒霉简直就是一场怀旧的仪式，那些逝去的光阴，通过一件件衣物又被唤醒，在阳光下吐纳往日时光的气息。我最喜欢一件妃色绸背心，印着大朵的花，那花是蔷薇，有轻微的褪色，却不减妩媚和柔软的质感。我知道母亲年轻时穿过这件背心，那时的母亲，她的心情和容貌与这件背心一样，又光滑又美丽吧。

每年晒霉时我都要把背心贴在脸上，反复摩挲，以这样的方式感受母亲最美好的时光。母亲自己也偏爱这件背心，到傍晚收纳衣物时，会在里面塞一粒樟脑丸，仔细叠好，放在一堆灰暗的衣物中间。

母亲的旧衣物里只有这件背心是艳色的。

当橱柜里的东西——包括橱柜，全都搬到院子里时，简直是琳琅满目，看着它们在日光下焕发的容颜，再苍凉的心也会热起来，对头顶的光，对这世上的日子，生出浓浓的眷恋。

六月心里宜静不宜动，宜隐蔽不宜彰显。

以前看外国名著里写贵族们的生活，夏日来临时，一家主仆就打点行装离开城市，到乡间的农庄去避暑。这段日子，贵族们的生活是安静的，慵懒的，悠闲的，不再有舞会和频繁的社交活动。

中国古代的人在盛夏也有种种避暑的方法。且不说皇家贵族们在依山傍水的地方专为避暑修建行宫，就连普通人家也有抵挡燠热的妙法，比如在室内挖一眼深井，井盖上凿孔，天热时就有冷气从井孔溢出，穿堂风时不时地吹过，满屋生凉。

徽州古民居的厅堂就常见这种井，冬暖夏凉，是名副其实的“空调井”。这种井也是天然的冰箱，吃剩的饭菜装在竹篮里，悬空挂在井壁，多久也不会馊。夏日应季的瓜果在井水里浸着，过半天捞起，吃上一口，堵在心口的烦热立马就消退了。

我家乡间的房子是上世纪八十年代初建的，那时已有电风扇，“空调井”就不必再设置。但井还是有的，只不过是筑在后院。夏天井里总是浮着一只花皮西瓜，到了晚上，全家人坐在院子里纳凉时，将西瓜捞起来，剖开，一人一牙捧着吃。瓜瓤咬在嘴里，沙甜沙甜的，一种凉润而又天长地久的味道。

吃完了瓜，大人进屋了，早早休息，以便第二天早起干活。孩子们却不肯进屋去，舍不得将这一天这么早地结束掉，于是出去寻找同伴，在村子的场院里集合，玩游戏。

更多的时候，孩子们会拿一只空玻璃瓶，捉萤火虫。

“夏天是夜里最好。有月亮的时候不必说了，就是暗夜里，许多萤火虫到处飞着，或只有一两个发出微光点点，也是很有趣味的。飞着流萤的夜晚连下雨也有意思。”多年以后读清少纳言的《枕草子》，读到这一段，很有同感。

萤火虫是盛暑之夜的精灵，喜欢聚在河边草地和菜园的瓜藤下，尾巴上挂着的灯盏一明一灭，徐徐起，徐徐落，忽而又钻入河边的草丛里，停在草尖上，灯盏依旧亮着，像是一种召唤。此时是捉萤火虫最好的时机。

捉萤火虫是哥哥的事，我只管抱着玻璃瓶跟着他。哥哥捉到一只，我就把捂着瓶口的手松开，让他把萤火虫放进去。河边的萤火虫多极了，很快就捉了几十只。几十只萤火虫在玻璃瓶里，尾巴上的小灯盏聚在一起，亮得晃眼。

除了萤火虫，河边最多的就是青蛙。青蛙蹲在低处，是看不到的，只听见它们的叫声，呱呱呱，呱呱呱，此起彼伏，热闹非凡。

玻璃瓶亮得能照见我们的面孔时，我和哥哥就举着玻璃瓶回家去了。蛙鸣声一直跟在我们身后，把我们送到家门口。

萤火虫是不能在玻璃瓶里久待的——没有氧气供它们呼吸，尾巴上的小灯盏渐渐就会灭掉。于是在睡觉前，我会把装着萤火虫的瓶子放在院子里，看它们一只只地从瓶口飞出来，飞满院子。

这些萤火虫并没有飞远，很快它们就携着灯盏，飞进孩子们夏夜的梦中。

夏日田野的艳遇

暑盛之时，只有早晨和傍晚能出门，白天是不敢走出去的。

早晨出门也需赶早，五点半太阳就升得很高了。把一只细竹丝篮拿到阳台上，刚挂好，那只竹篮就放起光来，金灿灿，似装了满篮子宝物一般。

其实是装了一篮子晨阳。

这几天的早晨都在做同一件事，在十字畈村口的稻田拍摄豆娘，也拍摄了稻禾上的蜘蛛和露珠。

几年前，住在湖边的时候，在夏日也起早去稻田里拍摄这些，简直入了迷。没有办法不入迷，它们太静了，入定般的静，又静又美——只需盯着它们看上一会儿，就会被催眠，忘记了稻田之外的世界，忘记自己作为一个人的存在，觉得自己也变得很小很小，成了它们的同类。

即便是在昆虫中，豆娘的体态也显得过于纤弱，加之它的静寂，

使它无论是飞着的时候，还是停歇的时候，看起来总有些恍惚，梦境般的不真实。

也许是太纤弱了，豆娘很少在空中飞，更喜欢长时间停伫在一根禾叶上，细足抓住禾叶，身体悬空，仿佛陷入沉睡，一动不动。但它并非真的睡着，你稍一走近，它就感知到了，慢慢地移动身体，转向稻禾的背面，用禾叶将自己遮住，藏起来。只是豆娘的眼睛太大，像两只大灯盏，根本藏不住。豆娘从叶子后面看着你，有点无奈，又有点无辜，也还是静静的。

有一种豆娘，两只眼睛竟然是不同色的，一只蓝，一只红。上半身又是淡绿色，长长的尾部是红色——这样设计自己身体的颜色，是想有撞色的惊艳效果吧，也真达到了这效果。

豆娘的两对翅膀也很薄，比蝉翼还要薄。很多人——包括我小时候，都把豆娘当作蜻蜓，以为它是蜻蜓的幼年时期。但它并不是蜻蜓，只不过和蜻蜓长得像而已。它们最大的区别就在翅膀上，蜻蜓停在那里的时候，翅膀是摊开的，仍保持着飞行中的状态；而豆娘停着时，翅膀是合起的，收拢在背部。

豆娘的翅膀镀有一层金属光泽，逆光中看去，更为丰富。这光泽在蜻蜓的翅膀上也有，光泽能帮助它们吸收太阳的能量，让它们不仅能飞在空中，还能入水。

雌性豆娘在产卵期是要入水的，把卵产在水下——这也是它们驻留在稻田与河流边的原因。曾在纪录片里见过豆娘入水产卵的画面，那真是生死一瞬间——原本使它轻盈自由的翅膀，入水后就变得沉重，成了累赘，好在翅膀吸足了光能，在水下生成一个个气泡，给它的身体增添了浮力。当豆娘产下卵，背朝天空，

从水下挣出水面时，简直有种向死而生的悲壮美。

看到豆娘出水的画面时，忽而就想到杨丽萍的舞蹈。这几乎是一种直觉般的联想——只有杨丽萍的舞蹈能表现豆娘这种纤弱的昆虫，在生死隘口的受难感——那种即柔弱又坚强的生命美。也只有杨丽萍的舞蹈能表现两只豆娘在空中交合时的美感。那可能是地球上所有种群的生物中，姿态最为优美的交合。它使“交合”这个词变得高贵，变成优雅的行为艺术和生命美学。

这几个早晨我的收获是丰厚的，拍到了各种颜色、各种姿态的豆娘，对一个摄影爱好者来说，这真是一场夏日田野的艳遇，让人迷恋忘返。而这艳遇还只是开始。盛夏还有余裕，稻禾在此时还是青色的，还没有开花和灌浆，离收割的秋天还有一段时日。

火烧云

是前天傍晚看见的火烧云。

在皖南，看见火烧云是常有的事。盛暑天气，一场大雨之后，水汽从地面蒸发升腾到空中，凝聚成云，而此时若刚好是日落时分，那落日就会在翻过山顶之前，将一根火绳往空中一抛，瞬间将云层引燃。

前天下了一整天的雨，到傍晚时才收势。出门时，见山间白云倾涌，从山腰漫上山顶。而山顶之上，有更多饱含湿度的云层在汇聚。

只要不下雨，天黑之前我会和嫂子快走一个小时健身。嫂子的居所离我的居所不远，走十分钟就到了。

走到嫂子居住的小区时，天空的云层已见裂隙，光线从隙间泻下。我预感到将有晚霞。当嫂子问我往哪边走时，我说往北走。北边的视野开阔，有稻田，又有河流，看晚霞最好。

直到走上浦溪河大桥，天空还是没见动静。西边云层厚积，颜色深暗，只有中间的一条云带是浅绯色，而日头似乎已经落山。

此刻，朝北的方向，黄山群峰之上的云层更为可观，似两条白色巨龙在峰峦间平行而卧，半隐半现，安详又庄严。

桥下的河水有些浑浊，白天下过大雨的缘故，声音也湍急。每回听到这样的水流声，心就会变得凝重，被一种声势镇住，会想起《约翰·克利斯朵夫》里的一句话："江声浩荡，自屋后升起。"

暮蝉的嘶鸣喧响起来了。天色将晚。就在我准备和嫂子离开大桥往回走时，转身，看见西边的天空，已是另一番场景，仿佛那里有火山正在爆发，不断喷吐着金赤的岩浆。

我大叫一声，向桥对面奔去，桥下的河水也被天空的火焰燃成赤色，声音也更激烈，仿佛为配合此时情景而奏的进行曲。此时的天空色彩极为丰富，层次也分明，“火山口”的中心是金红色，之上有一圈虹彩光晕，光晕之上是鱼鳞般发着荧光的云絮。而“火山口”下面的云层则如金色海浪，层层叠叠，既涌动又静止。

稍远一些的散云，有的颜色浅淡，粉红或粉白。有的色度深暗，灰或者黑。也有一些撞色拼接的云，一半灰黑，一半金红。

几乎不能移开视线，也舍不得眨眼，因为这油画般的天空，这些云彩以及它们倒映在河里的色泽，时刻都在变化着。金色变成红色，浅红变成玫红，又变成灵魂之歌般静穆又苍凉的乌红。

我有一种被扼住呼吸般的激动。很想感谢什么，合起手掌，向着天空，向着落日的方向，感谢那不可知的神向我展示的如此场景。我想说，正是因为生命中有这样的时刻，才使人如此留恋这个并不完美的世界，爱这个世界。

大地上的万物开始有了秋日的沉静气息。田里的稻穗已弯下腰身，沉甸甸的，捏一粒在手上，饱满殷实。

秋

八月，台风过境
鹅掌楸的叶子落了满地

你每日去往的田野还是青色的
你种下的庄稼还没有收获

那些过早落地的悲观主义的叶子
天凉之前
还有一次燃烧

夏天的最后一刻

今天立秋。

在民间，立秋的日子要吃西瓜，名为“咬秋”，不明白是什么来由，大概立秋之后西瓜就要下市了，趁着这个节气吃个痛快吧。记得小时候总会被大人警告，立秋那天不得下河或接触冷水，要得秋斑的。所谓秋斑就是皮肤上分布不匀的斑纹，白一块黑一块，很难看的印记。因为这，我甚至不敢在那天去河里洗碗，谁知道什么时候是立秋的时间呢。现在已很少有人讲究这些了吧。

立秋是秋的开始，万物停止生长，果园即将成熟，但真正收获的日子尚未来临，离落木萧萧的光景也还有一段路程。

立秋前两天，傍晚走在近郊的马路上，总能在地面看见知了、蜻蜓，还有蚯蚓，一动不动地卧在那里，像一种行为艺术，提醒着什么。

知了显得有些沧桑，似身着麻衣褐布的苦修者，又似燃放过的烟花，将一个耗尽内囊的壳子留在地上。蜻蜓看上去还是好端端的，伏在地面，睡着了一般，或许几分钟前还在低空飞着，翅膀上驮着夕阳金色的光芒。蚯蚓看着就有些痛苦了，扭曲而僵硬，形如一小截掰弯的黑铁丝。想必之前曾有过一番挣扎吧，拼命地扭动身子，急欲逃离那对它来说如同地狱般的马路。

马路的地面铺了沥青，在日头下长久地烤着，不仅热烫，而且黏腻。真不知道这些蚯蚓大白天爬上马路来干什么，即便是想穿过马路到对面的某个地方去，也应该选择在凉爽的清晨或是深夜呀。

热浪从四面八方蒸腾，简直能把一切融化。这种时候，马路上的行人是极少的，过往的车子也明显减少。不止是马路，任何一条路上都少见行人。人们只在一天的两端——在日头尚未显示它的威力，或收敛余威下山时——涌出来，涌到地面，完成露天底下的日常生活。

“夏天的最后一刻，总是它酷热的极致。”人们盼望着这样的酷夏早日离去,可一想到随后而至的秋天,心里又不免有些怅惘。日子过得太快了，一晃的工夫，春天过去，夏天过去。接下来的秋天很快也会过去，冬天也会过去。

然后半生过去，一生过去。

一生过去其实也只是一眨眼的事。在人还没有回过神来的时候，童年熟悉的事物已经远去了，故乡变得陌生，父母变得衰老。许多我们以为永远不变的东西都在改变，甚至是永远地消逝了。

不知道这些是什么时候发生的——那条童年的河流，它是从什么时候变得枯瘦和浑浊的，不再有干净的鹅卵石和自在的游鱼，不再有无忧无虑的孩童在里面扑腾着水花。

还有夜晚飞在河边和村庄的萤火虫——已记不起最后一次看见它们是什么时候。它们像是集体消失了，谁也不知道精灵样的萤火虫去了哪里。

还有炊烟，如今也很难在村庄的屋顶上看见它们，闻见它们的味道。

还有村边的稻田、庄稼地，庄稼地上躬耕的人们，也变得稀少。

立秋

一切都在丧失，包括自己的记忆。这种丧失令人感到茫然和虚无，甚至荒诞。但是，奇怪的是，每一次，只要开始书写，记忆又会苏醒——尤其是童年的记忆。只要开始书写，时间的流动就会缓慢下来，光中的尘埃会变得寂静，那些逝去的日子，短暂而遥远的快乐——尤其是快乐，又回到了身边。

只要开始书写，就觉得童年的那条河流还在，依旧清澈。萤火虫也还在，打着它小小的灯盏。炊烟依旧飘在眼前，以母亲般朴素又温馨的体味围绕着我，包裹我。

在童年我就已过完了一生，此后的人生不过是对它的反刍——这是多年前，我在一篇散文里说过的话。

反刍就是书写，一遍遍地书写，不厌其烦地书写。就像知了在炎炎夏日不厌其烦地吟唱："是日已过，如鱼少水，盛夏即将远去，而我仍在这里唱着歌。"

稻田守望者

立秋后的两天，大雾，经过十字畈的稻田，发现田间布满了银白色的蜘蛛网，一张连着一张。

这场景是让人有些吃惊的，仿佛蜘蛛才是这片田野的主人，天还没亮就在稻禾上忙碌。道路两边，说不出名字的野草上也是如此，没有一根草是空着的，都挂着刚织好的蛛网，在晨风中微微颤动，好似蜘蛛们的作品展示会。

打开相机，拍了几张蛛网，遗憾的是蛛网上没有露珠，少了一些灵性美。

对蜘蛛来说，辛苦织出来的蛛网上缀满大颗的露珠，并不是好事，那样好看是好看，却没有黏性，失去蛛网的实用价值。从小就在乡间生活的缘故，加之后来又频频出没于田野，对蜘蛛早已见惯不怪，当然，若是遇到特别大、长相又狰狞的蜘蛛，还是会惧怕，远远绕开。好在那种蜘蛛很少见，稻田里更是没有。

稻田里常见的蜘蛛有两种，都小小的，一种是金色的长脚蛛，一种是豆绿色的笑脸蛛。长脚蛛更多些，每株稻禾上都有。

长脚蛛也叫蟏蛸，在蜘蛛的族群里算是最受人类欢迎的。乡间也有人叫它喜蛛、喜子，若走过一道门或一棵树下，突然撞到喜蛛携着蛛丝挂下来，并被它的丝缠住，则是一种吉兆，预示着“喜从天降”。长脚蛛是名副其实的大长腿，又细，比它吐出来的蛛丝粗不了多少。长脚蛛也总是喜欢支着它的大长腿，倒立在叶尖，或悬在自己的网上，一副漫不经心等待着什么的样子。其实它是很警觉的，稍有动静，就收拢了四对细足，身子紧贴在叶子上，准备随时攻击或隐遁。

在稻田里拍豆娘时也拍了不少长脚蛛。长脚蛛的镜头感丝毫不逊于豆娘，尤其是刚出山的日光照进稻田，照着长脚蛛和它的蛛网时，逆光看去，简直令人叫绝——那分明不是一只蜘蛛，而是金色光线幻化的小精灵。在稻田拍长脚蛛比拍豆娘容易得多，因为它们的数量多，几乎每株稻禾上都能见着，是忠诚的稻田守望者。不过要想拍它们交配的镜头却不容易，它们总是单独地在自己的网上，即便是同类，相互间也保持着足够安全的距离。

有天我还是意外地拍到两只长脚蛛交配的镜头。

事情果然是这样，只要你天天去往同一个地方，你就能看见在那里发生的种种。和豆娘安静的交尾不同，蜘蛛的交配透着凶险感，像是两性之间一触即发的生死较量。雄蛛的体形比雌蛛小得多，头和腹部只有雌蛛的一半，这使它看起来显得较为弱势。而雄蛛也确实要弱势一些——它所待的地盘，那只被踩踏得乱七八糟的蛛网就是雌蛛织的，在完成了交配任务后，雄蛛必须很快地撤离这张蛛网，再也不能踏进，否则就会有性命之虞，因为雌蛛会像对待猎物那样杀死它，吃掉它。

这在人看来似乎是残忍的事，在昆虫界却极为寻常，这是出于繁衍后代的本能，尤其是在食物匮乏的时候，交配完成，雌性吃掉雄性，是为了在极短的时间里能补充到足够的能量，顺利完成产卵。

从镜头里看，长脚蛛的交配也是很美的，像是一种双人舞——

那种左腾右闪、既热烈又时刻保持警惕的探戈舞。也许是我的拍摄惊动了那对长脚蛛，它们分开了，雄蛛试着再一次进入雌蛛的地盘，却遭到了雌蛛的拒绝和驱逐。雄蛛似乎不死心，一面小心躲闪，一面靠近，这样进进退退，直到雌蛛露出焦躁的杀气，才迅速逃离。

雄蛛离开后，雌蛛开始织补它的网，它必须在太阳变得炎热之前用网捕获足够的食物，补充产卵、护卵需要的体能。长脚蛛的主食是飞虱，这是稻田里到处都飞着的一种昆虫，极小，却对稻禾生长有很大的破坏性。而长脚蛛就是它的天敌，一天能吃下几十只飞虱。当然，那些撞到网上的豆娘、蜻蜓、蝴蝶，也免不了成为蜘蛛的一顿大餐。

自然界里看起来很寻常、不值得惊讶的事，其实都不寻常。比如布满整个田野的银色蛛网，并不是天天能够看见的。

近两天就再也没有看见这场面。

相同的时间，走在那条路和那片稻田里，却再也看不到遍野蛛网的盛况——很难解释这是什么原因。是因为有雾，而使那些蛛网不容易看见吗？那为什么近处路边的草茎上全是空空的，一张网也没有呢？

今晨特意又去了相同的地方，仍是没有看见蛛网。难道蜘蛛织网也会选日子和时辰？

希望是如此。但我又担心会是另外的原因。

我的担心是因为想起那天早晨，看见那么多蛛网的同时，也看见了提着喷水管，正在往稻田里喷洒杀虫剂的农人。

突然到来和消失的客人

立秋后，田间路边可采的野花很少了。偶尔也会遇见一两种——有天早上就在田埂见到马兰和野水芹花。将两种花采下，带回家，养在玻璃杯中。过了几天，发现有根水芹似被什么锯断了。也没查看，加水继续养着。

再加水时，发现置放玻璃杯的茶几上有细小的黑色颗粒，用抹布擦去，过了两天，又落下许多。水芹茎叶又被锯断了几根，断掉的部分也不明去向。

蹲下来，仔细看，看见一只酷似蚕的虫子，正抱着一根水芹专心地进食。想起之前清除过的黑色颗粒，原来是它的排泄物。

这是一只蝴蝶的幼虫——不用查资料，仅从它的外形上就可以辨认出来，甚至能看出它未来的样子，有绿色、黑色、黄色相间的翅膀，斑斓、优雅。

它现在的颜色也可以用斑斓来形容，像裹着一条春野色系的

花毯子，体态因微胖而显得笨拙，却丝毫不让人觉得厌恶。也许是我在野外经常见到昆虫，早已在心理上消除了对它们的恐惧和厌恶感。它是我连同水芹一起从野外采回来的，刚采回来时还是虫卵，经过将近十天的成长，变成现在的样子。

我没有打扰它，让它抱着那根水芹，仿佛这是世上最美味的东西。

家里有只蝴蝶幼虫，这感觉很奇妙，像来了一位神秘的客人，心里有种类似于温柔和喜悦的情感，也有好奇和期待：不知道它明天会变成什么样子，什么时候会变成蝴蝶。

接下来的几天，茶几上的黑色颗粒明显增多，每天要清除两遍。幼虫的食量真是吓人，吃得也快，抱着水芹茎秆啃啊啃啊啃啊，停不下来。

玻璃瓶里的水芹已被它消灭了一半，而马兰还完好无损，看来这只蝴蝶幼虫对马兰没有兴趣。也是，马兰的茎叶粗糙多了，没什么水分，而水芹的口感脆生生，汁液饱满。

有天早上去看它，发觉它变瘦了，并且不再进食。再看玻璃杯里，水芹已差不多被它啃食尽了，剩下的全是马兰。

都怪我粗心，没有及时给它补充食材，说不定它已经饿了很久，快要死了。赶紧把它捉下来，环顾阳台上的盆栽植物——兰草、朱顶红、玉簪、吊兰、石斛、薄荷，都不像是它能吃的。角落里有一棵水果番茄，看起来还不错，可番茄秆子上有细长的绒毛，会伤害到它。

捧着蝴蝶幼虫，一时不知该拿它怎么办，权衡了一下，觉得还是石斛叶子细嫩些，就把它放进石斛花盆里吧。

幼虫进入石斛花盆后，又恢复了活力，扭动身体，从一片叶子爬到另一片叶子。“如不嫌弃，你就先吃点这个，我这就去野外找点合你口味的。”我对它说道，也不管它能不能听懂。

几乎小跑着出门，一边跑一边低头看，每看到一种草，心里都有个声音说：这个不行啊。路边那么多野草，为什么看起来都那么粗糙坚硬？是我变得挑剔，还是它们给烈日晒老了？

一刻钟后，我捧着一束莎草回到木舍，放下草，就去石斛花盆里找那只蝴蝶幼虫。但我没有找到它。把花盆搬出来，扒拉着每一片叶子，地毯式寻找，仍旧没有找到。将阳台每一个角落都搜寻了一遍，还是没有。

怎么回事，在我离开的这十几分钟里发生了什么？难道它已变成蝴蝶飞走了吗？就算变成蝴蝶，也应该留下它的蛹衣呀。不对，它现在连蛹都不是，在我离开它时它仍然是幼虫。也许它停止进食正是要进入蛹虫期吧？

那之后，每天早晨我都会在阳台上寻找一会，希望能找到它——呆呆的蛹虫的样子，悬挂在某个隐秘的地方。人很容易牵挂自己喂养或关注过的东西，哪怕只是一只蝴蝶幼虫，当我再也看不见它时，仍不能从心里忘记它曾存在过。

又过去几天，有天早晨散步回来，推开门，竟然看见阳台上有只蝴蝶在飞——黑黄相间的翅膀，一张一合，静默又优雅。我站在门口，不敢动，怕惊扰了蝴蝶，但它还是发觉有人进屋了，迅速从窗口飞出。等我走到阳台，往外看，已看不见它的身影。

它是那只幼虫变成蛹后蜕化而成的蝴蝶吗？也许是吧，我愿意这么相信。

也许我看见的蝴蝶只是个幻影，来自我对蝴蝶幼虫的念念不忘。这世间的美大抵是一个一个的幻影，不能靠近和触碰，稍纵即逝。

我们迷恋、为之牵挂和心碎的那些，也是一个一个的幻影，它们的美和珍贵，更多来自我们的妄念，来自内心对美的渴望。

湖边的水杉叶子在昨夜开始换装了
它们已做好准备
要一起踏上秋天的路途

倘若你在心里修一条僻静的小路
通向我，多么好
倘若能和金红的水杉叶子一起走进
静静的秋天，多么好

喜欢你走在河边的样子

处暑前后，清晨走在两边是稻田的公路上，很容易就闻到这个时节特有的朴素又馥郁的气息。太阳升起的方向，可以看到稻田上空浮着乳清样的水雾。也许整个夜晚水雾就这样浮着，滋养着稻禾，在一粒粒的谷壳里灌入浆汁，秘密酿造着香气。

在清晨已听不见蝉鸣，取而代之的是秋虫鸣声——螽斯、蛐蛐和金蛉子的合奏曲。其实虫鸣一直都在，整个夏天都在，只不过之前被鸟鸣和蝉鸣覆盖了，成了低处若有若无的伴奏。

入秋后，耳朵最大的享受就来自这清晰起来的虫鸣。我居所的楼下有一小片空地，春天曾撒过一些花种在里面。现在，花都开了，牵牛花、紫茉莉、大红和金黄的百日菊，开在茂盛的野草和比野草更为茂盛的虫鸣里。

夜晚和清晨醒来时，听着溪流一样琤琮不绝的虫鸣，会有居住在丛林秘境的幻觉，会忘记自己的来处，忘记今夕何夕，像躺

在河底的石头，整个世界只是水面流动的、细细碎碎的光影。

清晨的风拂在胳膊上，已有一些凉意，很舒服的凉意。地上，马褂木的落叶又多了一些，卷曲着，焦枯的颜色。这颜色也很好看，尤其落在碧青的草地上，更好看。蓝色的鸭跖草还在开花。马兰花开得更密集，还有蓼草花、马鞭草、蓝色的鼠尾草、金色的狗尾巴草花……秋天最开始就是这些淡淡的，几乎没有香气的野草花送来的。

香樟树的果子真多啊，可惜不能吃，除了入药没人吃。只有鸟会吃——有些果子是上天特意为鸟儿准备的，只有鸟儿才有享用它们的自由。也许树木上生长的果子都是上天为鸟儿准备的，后来有了人，当人品尝了果子的甘美后，鸟儿就开始减少，消失。当人又开始占领森林和天空，鸟儿就减少得更多，消失得更多。

六点钟出门，带着相机。我想拍摄那些在清晨出来觅食的鸟，

相互追逐游戏的鸟，停在电线上发呆的鸟、唱歌的鸟。我想在它们还生活在我周围的时候认识它们，倾听它们。是的，我想认识它们，也想认识更多的昆虫和植物。不需要花费太多的精力去向它们介绍我是谁，不用像认识人一样担心与它们产生误会和不必要的纠缠。只需留意观察就可以了，不用说话，只是看着和听着，然后，在太阳光浓烈起来时静静地离开。

有时会遇见一些可爱的人，也是我愿意去认识的。两天前就遇到一位，在浦溪河上游水坝边的草坪上，当我跟随着一只白鹭的翅膀，沿着栈道走到水坝时，看见草坪上一位头发花白的大姐，手里拎着塑料袋，走几步，弯下腰，捡拾起什么放进袋子里，又直起身，走几步，再弯下腰捡拾——她手里拎着的塑料袋已经撑得鼓起来，很快就要装不下了。

这时从马路上走过来一位年轻些的女士，走到大姐身边，和她说起话来，听口音，两位都是外地人，大约就住在马路对面的小区里。

大姐在河边草坪上捡拾的是垃圾，那些垃圾是傍晚来水坝游泳的人丢下的。有几次，早上走到这里，也想过把这些垃圾捡起来，但我只是想想，没有真的弯腰去捡拾。

现在那位大姐就在那里捡拾，看样子已经不是第一次了，因为那位朝她走过去的女士说：大姐你又在做好事啦。

在大姐再一次弯下腰时，我举起手机，拍摄下她和那位女士。即便是在捡拾垃圾，大姐看起来仍有一种高贵，这高贵是从她的骨子里散发出来的。

我没有走上前与她们寒暄，这是我长久以来的弱点，很难主动与人搭讪，即便是喜欢的人，想认识的人，仍旧做不到走上前去，一种难以克服的羞涩阻拦着我。

经过她们身边时，我放慢脚步，大姐穿着很好看的花裤子，手腕上戴着手镯，花白的头发打着微微的卷。她应该戴一副手套啊，一次性的清洁手套，也许她觉得那手套也是不环保的，对环境也是一种污染。

不知为什么我突然有一种羞愧感——在美好的人面前，总是忍不住会有这样的羞愧感，同时又有一种庆幸，庆幸这世界依旧存在着平凡的美好，朴素的高贵。

我没有和这位大姐说话，但我觉得我已经认识她了，我们都居住在这里，还将会在浦溪河边遇见。也许下一次遇见时我会走上前去，微笑着打招呼，说你好大姐，我喜欢你走在河边的样子，然后摆摆手，道一声明天见。

从河边开始的生活

乡间人把处暑节气的这段时间称作秋老虎。

所谓秋老虎，是指其热度的凶猛，当你刚把夏日的衣裳和纳凉之物收起，温度突然又升高，季节似乎又从初秋转回盛夏。

懒得再把风扇拿出，且以阅读来获取清凉吧，也真有效，一本喜欢的书读上几页，就将秋老虎逼人的威力化解了。

读的是梭罗的《野果》。

“对我们这个小城来说，最美的装饰和最宝贵的财富莫过于这条河，最终让人下决心选择定居在这里的唯有河流。外地人来到我们家乡，我们首先指给他看的也是这条河，与那些居住在没有河的城里人相比，我们真是幸运。”在结束语中读到这段话，用笔画上横线。

我选择居住在此地，并且感到自己是幸运的，就是因为近处有一条从黄山北麓奔流下来的浦溪河。

从我的住所走到浦溪河，路上不耽搁，十分钟就够了。只是我从没在这么短的时间里走到河边，总是走几步就停下。稻禾上的蜻蜓，山头的云，田边开花的草，一只像个拾荒者使劲拖着什么的蚂蚁，都在路上等着，等我经过它们。

经过就要停下来看看，反正天还早，出门的时候，隔壁邻居还在打呼噜（呼噜声太大了，那么厚的墙也挡不住）。早起的习惯真是好，记得有位作家说他是从夜里偷时间，而我，就是让早晨提前到来，仿佛切一个饼，我有意让属于早晨的部分多一些。多出来的部分让一天的开端有足够的余裕，可以慢腾腾地走路、做事，可以在走路的时候东张西望，浮想联翩。

走到河边就会发现，我起得并不算早，河边的洗衣埠上已蹲满了人。流水的声音，榔槌捶打衣服的声音，知了的叫声，鸟鸣声，人们相互打招呼说话的声音……起起伏伏，交织着，把早晨衬托得宁静又沸腾。

村庄一天的生活是从河边开始的——我童年的村庄也是这样。窗子微微发白，父亲起床，穿上鞋，去厨房挑起水桶到河边，一趟一趟往家里担水，水缸装满再去菜地摘菜。母亲起床后将桌上的茶壶杯盏装进篮子，到河边去洗，通常会遇到父亲，正蹲在河里洗刚摘下来的菜。早饭由父亲做，母亲洗好了杯盏接着去河里洗衣服，满满一篮衣服，在母亲的胳膊上挽着，走到河边，放下竹篮，胳膊弯一道醒目的红印。

要感受一座小镇的生活气息，就去它的菜市场。要领略一座村庄的风情，就去它的河边。尤其是夏秋两季，那些年轻的姑娘，把裤脚高高挽起，两只衣拐扎紧在腰上，赤足站在河里，身子弯下去又仰起来，弯下去又仰起来，用力搓洗衣服或用榔槌在石头上捶打衣服的样子，简直就是一种原始而有魔性的舞蹈。

姑娘们的头发起初是盘在头顶的，很快就松散了，黑绸布一样滑下来，姑娘时不时地用手拂一下，将头发别在耳朵后面，但那头发太不听话了，很快又从耳朵后面跑出来，随着姑娘身体摆动的幅度飞舞着。

刚结婚的新妇和年长的女人很少站在河里洗衣服，她们更喜欢蹲在洗衣埠上，手里搓着衣服，嘴里说着话。新妇话少，不像年长的女人，从头到尾说个不停，仿佛积攒了满肚子的话，要在洗衣服的时候倒个干净。想了解村庄的秘密和每天发生的事情，

只要在河边不显眼的地方待着，静静听就够了，就知道看起来风平浪静的村庄，也有桃红柳绿的“外史”和魔幻现实主义的“志异”。

男人很少到河里来洗衣服，男人到河里洗衣服会被人取笑的，仿佛洗衣埠是女人的领地，男人来就是冒犯。只要不往心里去，那些取笑也没有什么大不了。我堂哥刚结婚时，和妻子一起到河里洗衣服就曾被取笑过，后来他们的孩子出生，堂哥每天端一盆尿布到河里洗也是被取笑。堂哥是个憨性子，对那些说他“老婆奴、女人相”的话只是咧嘴一笑，当作耳旁风。

洗洗涮涮差不多都是早晨的事，不过什么时候做什么还是有规则的。挑水最早，之后是洗菜、洗衣服，然后是刷马桶。挑水在村头的河沟里，洗菜洗衣服在村中间的河段，刷马桶在村尾。这规则是在漫长的时间里自然形成的，每个人都这样遵守着，一代代都这样遵守着。

有了这规则，村庄的河流才能始终以它的节奏安然地流淌。

我父亲起得早，但他仍然不是最早起来挑水的，总有一两个小伙子走在他前面。村里的小伙子喜欢某个姑娘时，讨好的方式就是给她家挑水，赶清早走到姑娘家，进门直接往厨房走，也不多说话，担起水桶往河里去。若是两个小伙子同时喜欢一个姑娘，就只有比谁起得更早，起晚了一步，那水桶就落在另一个人肩上了。也不用懊恼，还是有补救机会的，比如姑娘去河里洗衣服时就跟在后面，帮忙拎篮子，递榔槌肥皂，只要姑娘不讨厌他不赶他走，就跟屁虫一样跟着。

在我写下这些的时候，村里早就没有人家挑水吃了，水桶也成了古董，很难见到。我的堂哥已做了爷爷，孙子用的是尿不湿，不用他洗尿布，不过洗衣服还是要去河里，就算有了自来水，有了洗衣机，还是要在早晨去河里洗衣服。

我的母亲也是这样，腿脚痛，蹲不下去，仍坚持要去河里洗衣服。在河里洗衣服可以用榔槌捶，捶得梆梆响，可以把衣服在流动的河水里摆来摆去，可以看见鱼虾在石缝间游动，还可以和邻居们碰面说说话。

虽说住在一个村子里，邻居们在一起说话聊天也就是在河里洗衣服的时候。就算碰不到人，什么话也不说，听着榔槌捶在衣服上的声音也会让心里踏实。这真是很奇怪的事，说不出理由，也无法解释，也许和人听到儿时喜欢的歌就觉得亲切是一回事吧。

我去浦溪河边，也是为了听一听榔槌的梆梆声，在声音里感受既久远又熟悉、让心安稳的节奏。

这世界确实已有了很多的变化，变得我们在故乡觉得自己是个陌生人，但只要河流不变，一些古老又朴素的生活方式不变，就不会迷失。循着声音，我们就会找到那个可以安放灵魂的家园。

红蜻蜓与色蟌

到了秋天，野外看到红蜻蜓的机会就多起来。

我有一本日本版的《昆虫》图鉴，红蜻蜓在里面叫“赤蜻”，赤蜻的幼虫在平地水边长大，羽化后通体橙黄，在山上度过夏季，入秋后返回平地，此时身体已像熟透的山楂果一样红艳了。

并不是所有的红蜻蜓都是“赤蜻”。有一种名叫“株红小蜻”的红蜻蜓，是蜻蜓界的袖珍版，比普通蜻蜓小得多，我似乎见过，惊鸿一瞥，没有来得及打开相机它就飞走了。无图无真相，自己也不能肯定见到的就是此君。

还有一种红蜻蜓，像是从朱红的颜料缸里孵化而出，连翅膀也是红色的。在人类中俊俏的通常是姑娘，身材娇小的也多是姑娘，昆虫界却不一定，或者说相反——这位红得没心没肺、俊俏得不像话的蜻蜓就是小哥。上天不能让它发出美妙的声音唱出恋曲，就赐给它醒目又热烈的颜色，这也使它在绿野容易成为目标，

吸引异性青睐的同时也很难避开天敌目光的锁定。

最好的有时也是最糟糕的，事情往往就是这样。

也许是因为太醒目，太容易成为目标了，红蜻蜓对周围的环境也总是很敏感，飞行的速度极快，你很难靠近一只红蜻蜓并且拍摄下它。它总是在你轻轻走近的时候，警惕地转动脑袋，尾部上抬，平展在背部的翅膀微微震颤，做预备起飞状，一眨眼的工夫，再看，它就不在那里了。

红蜻蜓不喜群体的活动，更喜欢独行。成群结队在低空中飞行的大多是黄蜻蜓，也可能黄蜻蜓的族群在数量上原本就是庞大的吧。

红蜻蜓是蜻蜓中的少数民族，就算是到了秋天，想看见红蜻蜓，依然要凭借运气。不过呢，只要你愿意在清晨和傍晚跨出门，去田野和山间行走，总是会碰上运气这个东西的，就算你没看见红蜻蜓，也会看见别的，比如那翅膀上有着金属釉光的色蟌。

色蟌也叫豆娘。我们本地人可不这么叫，我们叫它水蜻蜓，因为它常在水边待着，仿佛水里有它牵肠挂肚的、没有办法割舍的东西。

色蟌和蜻蜓最明显的区别在翅膀上，色蟌停下来时，翅膀是合拢在背上的，而蜻蜓的翅膀总是直直愣愣地摊开在那里（想起来了，蝴蝶与蛾子在视觉上的区别也是这样）。

比起红蜻蜓来，色蟌更不容易看见。我的运气还算不错，入秋后看到过三回，每回都拍摄到它具有精灵气质的倩影。

说色蟌具有精灵气质是毫不夸张的，它仿佛不是来自现实世界，而是来自一个遥远又神秘的地方，来自童年蒙昧的梦境，或者就是已逝童年的化身。

和红蜻蜓相比，色蟌的敏感有过之而无不及，飞行速度却要慢得多，慢悠悠，悠悠然，翅膀一张一翕，打眼看更像是蝴蝶。

蜻蜓可以长时间地飞行，色蟌不能，色蟌飞一会就停下来，这使它看起来有种脆弱和恍惚的美。

色蟌漫不经心地飞行会给人一种错觉，以为能够捕捉到它。但它总是在你的手快要触碰到时倏然飞起，飞出几步，又落下来。你当然不死心，悄悄移动步子，接近它，再次伸出手，然后，它又是擦着你的手指尖飞起，翅膀扑扇着，在太阳下闪出金属质感的迷人光泽。

如此反复几回，你算是明白了，这是色蟌在引逗你呢，跟你玩着猎人与狐狸的游戏。

而你也并不觉得自己被它捉弄，你很乐于同它玩这个不需要语言交流的游戏。你愿意在这个游戏中重新变成孩子，即使你永远捕捉不到，不能让童年重回手中，也愿意再一次去寻找，屏住呼吸，再一次地靠近。

傍晚，一只蜻蜓飞在湖边
它飞得那样低，就要碰到水面了
就要碰到水面的天空
和天空里飞的另一只蜻蜓

那只蜻蜓多像它啊
像它那么小，那么孤单
以薄翼背负暮色
在凉下来的空气里急切地飞着
想要冲出什么，又始终不能

水雾之美

今日白露，天气晴好。

野外露水很重，每一片叶子上都密集了露水，细小的珠子，规整的排列，风吹不动，只等太阳来迎娶。

乘班车到太平湖，没有去办公室，径直走到湖滩，去看湖面上飘移的水雾。水雾是秋凉的象征，在气温较低的早晨才能见到。

水雾之美在于它的迷离变幻，身处其间，宛如梦境。

在太阳起山之前，水雾是青白色的，在风的吹送中如素女轻舞的长袖。当日出的光芒在东方升起，天空的云彩开成一片蔷薇花园时，湖上的水雾就有了绚丽的色泽，湖水也由靛青转为桃红。

我站在湖滩菜地里拍下了水雾，也拍下穿透雾气的秋日之光。在我按动快门时，一群鸟儿恰好飞出草丛，飞入镜头——也许是日光在树颠的一跃惊动了它们。

菜地里的玉米又种下第二轮，正在抽穗开花。

角豆也种下第二轮，刚牵出藤，怯怯地抱着豆架的细脚。

辣椒显出壮实的样子，枝间挂满红翠灯笼。水白菜则像新秀的第一次出镜，有着本色的清纯。

脚踩在泥土上，呼吸着植物们吐纳的气息，我觉得自己也是这湖边菜地里一株沐浴朝阳、正在生长的植物。

秋湖草滩

早起闻鸟声，脆音跳荡，给晨光如春的清朗。

穿上休闲鞋，上了马路。葛藤花与爬山虎覆满山坡，苇叶凝露，紫花含珠。葡萄藤还在灌木上长长垂挂着，远看倾泻如瀑。近看，叶上布满虫咬的眼儿。

杉树的叶子微泛秋意，树端停着一些身躯肥壮的鸟，鸣一声，长尾上扬一下。我叫不出它们的名字。

电线上也停着一些鸟，收着翅膀，只将小小的脑袋左右转动。我仍然叫不出它们的名字。

湖边村庄里，炊烟正在升起。枣树上的枣子已经摘过，柿子树上的柿子正在转黄，石榴树上的石榴未曾开口。

沿阶入村，有婴儿的晨哭声从窗中传出，随后传出妇人的哄慰声，极轻柔。

厨房里，有刀切砧板的声音和锅里蒸腾的沸声。一位婆婆从

后门走出，见我，笑问，找谁啊？我笑答，不找谁，随便看看，这个村子真好。

她笑得更深。如果，此时能从一扇门里走出我的亲人，对我说，回来啦，饿了没有？吃早饭吧。多好。

出村，入湖滩。一只水牛在坡上吃草，一只黄牛在坡下吃草，白鹭起落其间，踏草而歌。

这个时候的秋草还没有开始枯败。山菊初开，草花如溪。

我说的草花是指湖滩上那一片片辣劳花，现在正是它们盛开的季节。仿佛一夜间被唤醒，在天亮时，所有的草尖上都顶着一簇簇粉红的碎花朵儿。

辣劳花是我们乡下的叫法，至于它真正的名字，我不知道。我和它们之间是以面目、气味相认，就像童年的朋友，一见面就亲熟，就忍不住拍拍对方的肩，揽揽对方的腰，用只有我们能听懂的乡语说笑。

今早，我所拍摄的就只是这些草花。我远远地看到它们，穿过一片泥沼，走进它们中间。我被它们拥簇，姿态像个大姐。

我举起相机说：站好，茄——子——

它们就全都露出酒窝，笑出了声音，细腰乱摇。

临风听暮蝉

秋天的蝉叫寒蝉，有点像隐士，比如诗人中的陶渊明，远离尘嚣，幽居于山水田园之隅，兴起便吟唱几曲。

秋蝉喜欢独唱，这是区别于夏蝉的地方。

夏蝉是合唱团的成员，所唱歌曲的调子也很单一："嘶……嘶……"没有变调和起伏，听久了，心里就难免生出倦意来。当然，在夏日的傍晚，独自住在湖边，这密布空间的声音便是一种慰藉了。宏大的蝉声筑起一道堤坝，抵挡了长日将尽时的虚空。

在秋天，天气晴好的日子，最喜欢的事是拣一条少有行人的路，走进去。路边是高高的水杉、梧桐和不知名的杂木，树冠尚未萧疏，只微微地泛出些秋意。走进这条路的时间最好是正午，有白花花的阳光从树隙洒下，落在头顶，一同洒落的还有秋蝉的吟唱："毋吉曜嘶、毋吉曜嘶……"

秋蝉的吟唱是有韵律感的，比较讲究起承转合，听上去又并不复杂，也就那几个音节，循环反复，像一支老民谣，简单中有无穷回味，在一阵加速度的高音后，落在休止符上。

秋蝉对自己发出的声音颇为珍惜，对同伴发出的声音也很尊重。一只蝉的歌声落下，另一只蝉的歌声才会升起，互不侵扰。

在斑驳的树荫下来回地走，直至日光西斜，秋蝉的吟唱始终在耳，清越，疏朗，将周遭衬托得越发宁静而有幽古之意。

也有人说蝉是天然的失聪者——写出《昆虫记》的法布尔也这么认为，说蝉听不到自己的声音，也听不到同伴的声音。但是谁知道呢？也许它们对声音的感知并不需要听觉，也许它们可以凭着身体里的磁场，接收声音传播的讯息，谁知道呢？

万物感觉世界、表达自己的方式，是不尽相同的。我们作为人的惯性思维，往往禁锢了对万物的理解。

秋天的蝉也叫螿，这是从文河的风物笔记《漠漠小山黛眉浅》里得知的。“螿”这个字，如今很少有人用了，认得这个字的人也不多，若不是翻读文河的书，我与这个字也是互不相识。

一个字的没落，是不是也意味着一种事物的即将消隐？

很多和自然有关的字都不常见了，变得生僻，比如《诗经》里的很多字，在电脑上就打不出来。也许过不了多久，这些字会像那些濒临灭绝的物种，只能在泛黄的资料书里才能看到。

“黄昏里，茫茫的旷野，一棵苍老的黄叶树，树上一只螿，那声音才真是叫细。刚刚凉下来的风吹过来，吹过去，越吹，声音就越细。忽然，又什么都听不见了。天和地都静下来。”读文河书里的这段话，忽然就想起王维来，想起他在辋川闲居时写的诗句：寒山转苍翠，秋水日潺湲。倚杖柴门外，临风听暮蝉。

“临风听暮蝉”，这暮蝉便是秋天的蝉。而那风，便是黄昏的旷野里，刚刚凉下来的风了。文字真是有意思，让相隔一千多年的人，在同样的情景与心境里，得以相逢。

相对于永恒的时光，一千年也不过是一瞬间吧。王维听到的那只暮蝉，和文河听到的螿，或许就是近亲，属于同一家族。也如我此时，在日暮的湖边听到的蝉声，时断时续，又很分明，像余晖中的炊烟、亲人的远唤，缥缈而有暖意。

仲秋将至。大地之上，一些事物正在蝉歌里告别，一些事物也在蝉歌里彼此靠近。

长夏落下疲倦的翅膀
台风带来雨水
清洗九月最后的日子

清晨的街道，还没有打扫
梧桐叶那么多
紧贴潮湿的地面

多好看哪
像你穿过的长裙
像祖母压在箱底的锦缎

都是过去的时光
——你喜欢过的时光

一只飞过十万朵花的蝴蝶也在其间

山中秋已半

今日秋分。大自然的物候至此进入成熟季的气场。

二十四节气里，立春、立夏、立秋、立冬是季节之间的门槛。春分、夏至、秋分、冬至则是每个季节的中分点。

门槛是两个季节的界线，也是接壤之地，是一个季节的开端也是另一个季节的尾声，或者也可以说，是一个季节的死亡和另一个季节的诞生。

每个季节都是从上个季节的死亡里诞生的，而生与死之间也总有一番挣扎。这就使得每个季节开端的温度总是反复无常，且伴随着一场隧道般悠长的雨水。（不知道皖南之外的地方，季节转换是否也是如此。那些常年只有风沙而少有降雨的地方，一个季节结束，另一个季节开始，是否也要通过一道雨门或一条雨水隧道的过渡？）

在皖南，四季只有走到各自的中分点，物候特征才变得清晰

明朗，这个时候，温度、空气、大地之上的万物，皆呈现出这个季节真正的、该有的样子。

“是时候了。”

在秋分的节气里，踏着清晨微凉的露水，走在金黄的稻谷中间，闻着空气中浓酒一样使人迷醉的秋日气息，不时会听见这四个字，像贝多芬《命运交响曲》的前奏，反复叩击着我的耳门。

是时候了。是时间揭开谜底的时候。是石头露出水面的时候。是稻田的庄稼成熟，被主人领回谷仓的时候。

在这片稻田里，我听过风吹稻浪的声音，也品尝过不同时期

的稻穗。刚灌浆时的稻穗香气浓郁，摘一粒，剥去尚且稚嫩的谷壳，露出一星乳白，软软的，水粉质的。放入口中，一缕清甜——细心捕捉才能感受到的微妙清甜，被唾液迅速裹住，在舌尖漫漶，像一个来自梦境、面目不清又回味悠长的吻。

三四天后，再来这片稻田，面对同一株稻穗，会发觉它已生得十分饱满，俯身垂首的样子，如同虔诚的祈祷。此时的谷壳变得坚硬，在齿间咬开，里面的米粒已然成型。

灌满谷壳的稻米，谜一样的稻米，是稻禾之髓，也是阳光与季风在泥土里提取的自然精华。

收获季

秋分过后又下了一场雨。

天一放晴，农人们赶忙在田里集合，收割稻谷。

收割方式是古老的，钢亮的镰刀，木质的打谷桶，一边割，一边打。

“嘭——嘭——嘭——”

“嘭——嘭——嘭——”

很重的声音，从半空落下，中间带着风的威力。宁静的田野此时有一种阵痛——被镰刀收割和被双手摔打的阵痛。

“今天给老张家割，明天就轮到我家了，老孙家的稻子还没有熟透，迟一点割。”

我听到他们的说话，还有笑声，他们的声音是兴奋的，明亮的。

我没有走过去，没有拍摄他们收割的场面。摔打稻谷的声音让我下意识地想要避开。

从稻禾的青涩、挂花、扬穗，到它的黄熟，整个生长过程，我一直用相机跟踪着。

如今对于稻禾的收割，情感里却是另一番滋味，有些复杂。也许是我从拍摄以来，在日日与稻禾们的亲近里生出了别样的情谊——好像稻禾是我的朋友，我目睹了它们的成长，现在却要目睹它们的死亡。有点不忍。

对于稻禾们来说，成熟就意味着死亡。而对于农人来说，稻禾的成熟只意味着粮食，意味着获得和心安。

除了稻谷，农人还要趁着好天气收玉米，收黄豆绿豆红豆，把成熟了的农作物纷纷从地里担回家中，摊开在场院里。

这些作物要连着晒三五个日头，晒透了才能入仓。入了仓的作物才算收成。有了这些收成作储粮，冬天就可以安稳地歇着了。

刚晴起的头两天，农人们忙得脚不沾地，脸上也透着焦慌——谁知道这天能不能晴稳呢？要是只晴这两天，收回来的庄稼就白收了，搁在屋子里，还得发霉烂掉。

那老天爷似乎体恤到了农人的心情，接下来的十多天都是艳阳高照。秋天的太阳有力道，又不暴烈，真是好啊，是诗人里尔克在《秋日》里赞美的“催它们成熟，把最后的甘甜压进浓酒”的好，仿佛那黄灿的光里含有天然酵母，不管什么，哪怕是一把枯草，拿到日头下晒一晒，也会像经过美味大师的酿制，发出甘甜的味道来。

上天的乐器

“上天的乐器”是迈克尔·杰克逊对自己的譬喻。作为一代摇滚歌王，杰克逊是独一无二的，无人能与之比肩。他为音乐燃烧的一生，既像狂欢，又像受难。不过，在昆虫界还是可以找到他的同类，比如蝉。

把蝉说成杰克逊的同类，没有贬低他的意思，如果杰克逊灵魂有知，想必也不会反对。地球之上，万物自由而平等——杰克逊的音乐里就有过这样的表达。

没有谁能否认蝉也是天生的歌者，尽管它作为幼虫，蛰居于地下的时光是沉寂的，一年、两年、三年、五年，甚至更长，幼虫像个哑巴，也像发不了芽的种子，枕着一截树根，深潜在泥下。对幼虫来说，这树根就是母亲，给它脆弱的生命以庇护。树根像对待至亲那样眷养着幼虫，将地面四季的讯息传给幼虫，将阳光雨露转换成汁液，输送给幼虫。幼虫在地下蛰居那么久，皆因有这树根源源不断的营养供给。还需要什么呢？已经有了足够的生存保障，一只虫子，它还需要什么呢？

无论多安逸的生活，时间长了，总会使人倦怠，感到生命力的凝滞、枯竭，会忍不住想到出走、远离，想摆脱现在的一切，想转换呼吸。

人会这样，虫也会这样吧。受生命内部力量的驱使，或者说，受地面之上神秘世界的召唤，幼虫沿着树根，一寸一寸，向上挖，它要替自己挖一个通向地面的甬道。

一只幼虫钻出甬道，到达地面的感觉是什么样的？自古以来的文人——特别是诗人，在书写自然界的事物时，很容易把自己的经验、感受，代入到它们身上，与其说是写它们，不如说是借它们写自己，这样也对，也不对。尽管可能不对，我还是愿意觉得，那些幼虫通过长长的甬道，到达地面，看到第一束光时，是既惊恐又喜悦的——更多的是喜悦，如同新生般忍不住要欢呼的喜悦。当然，现在幼虫还不能欢呼，它还需要一次彻底的蜕变。生长和变化中的事物是有神性的。幼虫爬上一根树枝，蜕去旧壳，羽化为蝉的过程就充满了神性。

生长和变化也是充满风险的。现在，幼虫离“上天的乐器”只有一步之遥了。一不小心，会成为一只哑蝉——若是腹部的鼓膜在蜕壳时受到损伤，它就无法发出声音，成为歌者了。

雌蝉也无法成为歌者，这是造物的安排。造物给雄蝉和雌蝉安排了不同的使命，雌蝉的使命不是歌唱，而是生殖，所有能量都得用于延续后代这件事上。能成为“上天的乐器”的，是那些顺利得以蜕壳的雄蝉。

蝉的歌声是有磁性和穿透力的，一只蝉的歌声就足以覆盖整片树林。而若是几只蝉同时歌唱，那就是一支金属乐队了，激情迸放，仿佛永不疲倦。

蝉的歌声也是有颜色的。最早听到的蝉歌在清明前后，是翠绿色，晶莹通透。到了初夏，蝉歌就变成浪花白。到了盛夏，蝉歌又变成亮银色——漫山遍野炫目的银。

秋天的蝉歌是什么颜色的呢？此时已是秋分，田里的稻子已经收割，地上有雨水打落的梧桐叶子、枫杨树叶子和香樟叶子。这些叶子是秋天思乡的家书，一封接着一封，寄往大地。

秋天的蝉歌就是秋叶的颜色——有些斑驳和暗哑的古铜色。当秋天落下，蝉歌也就要停止了。这上天的乐器，在所有的庄稼收割干净时，会被大地收捡，擦拭，放入匣中，静静地藏起。

果园沉静，草色斑斓
这是一年中最美好的部分
——秋天走向它的深处

你的人生也是这样——
一本翻读很久的书
投射其上的光线渐渐
有了落日的熟红

缓缓行走，在野草与露水之间
万物依旧如谜，等你辨认
等你以日以夜为之低唱
——用寂静之音

草木烟香

到了寒露，就是深秋。

近两日天气又热起来了。季节好像不是往深秋里走去，而是在仲秋后突然转了一个身，重返于夏天。时光本身也具有某种神秘的情感，在临别一个季节时，眷恋难舍，去意徘徊。

这时节，若是在清晨或傍晚行走于乡村，就会闻到空气中弥散的草木烟香。

稻子收获前，农人们先将田间地头的杂草割下，散乱地摊着。稻子收完了，草也干了，农人们便将干草拢成堆，顶上压一些薄土，中间架空，点一把火，火势并不大，是暗火，烟却肥白，浪子一样在田间横斜飘移。

小时候，每逢此时，我会和哥哥一起去地里偷挖几只红皮山芋，断去根茎，塞于红热的灰堆里，压上一块石头，做个记号。打一箩猪草的工夫，回来便能闻到草木烟香中裹着的山芋香气了，那

是一种让人口中唾液失控的香气，是世界上最美味的食物芳香。

也有时候，香气过分浓郁，牵来大人的鼻子，于是一顿斥骂也就在所难免。因那山芋不是我家的，我家从来不种山芋，父母都忙于工作，没有时间侍弄。

其实大人也并不是舍不得那几只山芋，而是觉得小孩偷挖行为是要不得的坏毛病，骂上几句也算是管教过了。

火堆静静地烧着，弥漫着素净的烟香。两天后，烟味淡了，散了，火堆也就成了黑黑的灰堆了。这草灰就是另一季庄稼的肥料，它们在彻底冷却之后，将被农人撒进田地，开始参与下一轮回的发芽、生长。

晒秋

寒露之后就是晒秋的日子。

离单位不远的湖湾边有一方晒场，水泥地面，很宽敞，一对老夫妻正在晒场挥动扫把，清扫着风吹过来的落叶。

老夫妻的年龄有六十开外，俩人把衣袖撸得老高，肩上搭着汗巾，头上戴着草帽。深秋的阳光落在草帽上，将破了边的帽檐镶出一道亮晃晃的金边。

晒场中间的稻谷也是亮晃晃的，堆成小山，匀板将它们铲开的一刹那，新鲜的稻香就弥漫开来，在空中扑扇着金色的翅膀。

匀板是种田的专用工具，能匀平田泥，也用来收稻谷，样子像个“酉”字。匀板的下部是一块整板，两端各有一孔，粗长的绳子穿孔而过，在中间挽一道绳扣。

绳扣的另一端，绳子又牵出很长的一截。老夫妻俩分工合作——老妇握住匀板的木柄，斜斜地插进稻谷堆；老汉牵起绳子，

将长出来的一截搭在肩头，往前拉，绳子紧绷在背后，人往前倾，姿态有点像河边的背纤者。

老妇手背上青筋凸起，在后面掌握着匀板的方向，往前推，这样来回几十趟，稻谷山就分散成很多小小的谷堆了。老夫妻俩又各自拿起一把长柄木耙，分开站在晒场两边，把谷堆在晒场上摊平。

这个过程中，老夫妻俩没有说话，也没有看对方，手脚却配合得极其默契。

近中午，太阳的光焰烈起来了，晒得人晕乎乎。草帽下，老夫妻俩的面容显出疲倦。老汉不时拽起肩头的汗巾，擦拭着额头的汗，呼吸明显加重了，隔着一段路也能听到他的微喘。

在他们摊晒稻子的时候，我端着相机，沿着湖边的小路走着，拍摄远处的湖面、山和近处的芦荻、水草。当有白鹭或山鹰从湖面飞过，我便站着不动，目光跟着鸟的身影起落，直到它们停在我看不见的地方。

五味子

图片库里有一张野果的图片，是去年寒露时节拍的。这野果能吃，小时候吃过很多，俗名叫“秤砣”，只是不知道它的学名。昨天偶然就知道了，学名叫“五味子”。

原来五味子就是它啊。

今年春末夏初时，有放蜂人运了蜂箱和帐篷到这里来，问他怎么这么晚才来，花早开过了呀。放蜂人说，不晚不晚，现在正是五味子开花的时候，我是来采五味子花蜜的。

放蜂人说这话时，手向身后的山坡指了指。我顺着放蜂人的手向山坡看去，满眼青翠，并没有看到花。

放蜂人不是本地人，他怎么就知道这山中有五味子花呢？看来做一个放蜂人也是“术业有专攻”的，除了会养蜂割蜂蜜制花粉，还得在心里存着一卷百花地图册，什么地方有什么植物，什么季节开什么花，都瞒不过他。

对这一带的山野植物，我自以为是比较熟悉的，却怎么想不起五味子花的样子，也难怪，我对这些植物的认识，就像对同一条街上生活多年的邻居的认识，知道他们的容貌、声音，却不知道他们的姓名称谓。

没有同邻居进一步交往的愿望，不知道称谓也没有关系。但对山野的植物，我还是希望自己能认识得具体一些，能记住更多的植物名，这样，在山中行走拍摄时，就可以一路叫着它们的名字，那将是多么快乐和自豪的事。

五味子的俗名真是俗——“秤砣”，听起来一点也不像是能吃的东西，毫无美感，不过用在它身上倒是形象。成熟的果子沉甸甸地坠在藤蔓上，可不就像秤砣压在秤杆上嘛，只不过秤砣是黑色，而五味子的果子是红色，生铁在锅炉里烧化了的那种红。

成熟的五味子有香气，并不浓郁，凑近了才能闻到，味道也是淡淡的，山泉水般清冽的甜。

除了甜，五味子没有别的味道了，不像覆盆子，甜中还带着酸。不知道凭什么给它冠以“五味子”这样的学名，“五味子”给人的印象是五味杂陈，如同尘世复杂的生活。也许晒干入药后，它的味道就是另外一种了，与名字相称了。

《神农本草经》将五味子列为上品，说它有“收敛固涩，益气生津，补肾宁心”的功效。我的记忆里并没有人采它制药的印象，只知道它熟透的果子可以吃，味道不错，就算不想吃了，摘几个挂在窗边也很好看。

说起来植物都是可以入药的，以根茎，以果实，以花以叶，对人类身体起着修残补缺的作用。

小时候我也采过草药，在周末或暑假不用上学的日子，跟着大人上山采，采得比较多的是冬青叶、马齿苋、野山楂，还有一种俗名叫“牛奶梦子”的覆盆子，趁它还是青色的时候摘下，晒干了卖给药店。

有一年暑假，我把卖草药的钱照例交给我妈，我妈没有像以往那样把钱接过去，而是让我自己去买一双凉鞋。

开学了，我穿着新凉鞋去学校，很得意，很有成就感。

要是那时知道“秤砣”也是中草药，且是药中上品，就舍不得吃了，晒干拿到药店，至少能换回一条花裙子。

万物正在凋零
湖边突然刮起的风里
告别的气味正在聚拢

秋天到站了
而时间之轮仍在往前
芳香不能停留

在那条响亮的鞭子抽打之前
你仍想乘一趟夜班火车

手里握一枝迟桂花
在它最后的香气里
出走

拒霜花

一面徽州民居的马头墙有些年月了，墙头檐角戳着瓦松，如一支支箭矢。墙面的石灰因剥落而斑驳，露出里面的砖青色。

墙的左侧有一木门，徽州人习惯称之为耳门。耳门口立着一株花树，树冠与墙齐高，枝多叶茂，看不出树龄，可能有百余岁，也可能十几二十岁。

我认得这花树，是木芙蓉，认得它是因为此时正在开花。草木最好认的时候就是花开之际，若在冬天，只剩下枝丫，想一眼认出就不那么容易了。

离木芙蓉不远处有株桂花树，此时就不好认。今秋雨水多，而桂花不禁风雨，开了两三天，还没在树枝站稳，就被雨水击打得纷纷坠地。

那立在耳门边的木芙蓉倒是不怕雨的，在树端开出几十朵花来。花苞儿更多，每根细枝上顶着七八个苞儿，青褐色，鼓胀着，

蓄势待开的样子。

木芙蓉也叫拒霜花，不知是谁给取的名字，透着一股冷傲又倔强的劲儿。

花原本是美而脆弱的，宜在风清气和的时节开。在古人看来，开在霜雪中的花就有些另类了，有傲气，或者说骨气，比如菊与梅。

木芙蓉开得最盛时正值霜降，秋末冬初，乍暖还寒，拒霜花这个别名的来历就缘于此吧。其实叫它迎霜花更妥当些。迎比拒多一份坦然、从容。对于那些注定要到来的，与其拒绝、抵抗，不如从容接纳。

十二月中，各有司月花神，而木芙蓉就是司十月的花神，“九月菊花初开放，十月芙蓉正梳妆”。而在皖南，菊花与芙蓉并无先后，是结着伴儿开的，一高一低，如两个声部合唱的歌，共领秋霜，把季节送往冬天的路途。

木芙蓉是锦葵科。皖南常见的锦葵科植物有蜀葵、木槿、扶桑、秋葵。很多人分不出木槿和木芙蓉，以为是同一种，它们也确实相似——花朵都开在树端，大而艳丽，花瓣有细褶，像一种绉绸布料做出来的绢花。但它们的花期是错开的，之间并无交集：木槿开在春末夏初，木芙蓉开在秋末冬初。

木芙蓉的花姿丰盈，盛开时满树烟霞，好在并不沉重，没有累赘感。古人观木芙蓉多在偏僻处，在水边，临水照花，“花水相媚好”（苏轼《芙蓉》）。以幽玄侘寂的审美观来看，过于艳丽的事物皆不适合置身闹市，否则免不了流俗，沾染红尘浮华的气息。

眼前这株木芙蓉虽不在水边，却也是开在僻静处的。对木芙蓉来说，古徽州的马头墙是最相宜的背景，婉约与沧桑，艳与寂，并置在同一空间里就有了冲突之美。

关于木芙蓉，最有名的诗就是王维的《辛夷坞》：“木末芙蓉花，山中发红萼。涧户寂无人，纷纷开且落。”不过译文里却说他写的是辛夷花，而非木芙蓉。也不一定，虽然冠着辛夷坞的标题，也许王维写的就是木芙蓉。

写什么花并不重要，重要的是诗人感受到的况味，并把这况味纳入诗中，传递给后来的读者，使读者如临其境。

——有那么一树花，在深山溪流边的人家近旁，吐出一枚枚花骨朵，开着花，红艳艳的，很快又落了。开和落都没有声音，繁华一瞬间，那么寂寞，又那么美好。

寒莓茂盛

近来集市上有卖野果的，并不多，遇见了就赶紧走到跟前，怕别人跟我抢似的买下，也不还价，拐枣、羊桃、野柿子、八月炸、九月黄……野果虽其貌不扬，味道却是纯正的，比超市里光鲜的水果更吸引我的味蕾。

买它们的另一层原因也是出于怀旧，这些野果对我来说就是童年时光，无论过去多少年，只要看上一眼，哪怕是图片上看见，也觉得亲切，不用吃，妙不可言的滋味就会在记忆里反刍、弥漫，在舌尖漾开。

有些野果集市上是买不到的，比如寒莓。不知道为什么没有人去采寒莓来卖，可能是它太常见了吧，常见的东西容易让人轻慢，觉得不值什么。

寒莓这种野果确实是太寻常了，晚秋初冬时节，只要是走进一条山路，目光随意一擦，就能在路边看见它，与金黄的斑茅纠

霜降

缠在一起，或在落叶的灌木林里四处蔓延，如红玛瑙的攒珠串，密集地垂挂着。

寒莓为蔷薇科，悬钩子属，和春天的四月泡、树莓子是近亲，色与味都差不多，只在形状上有些区别：四月泡和树莓子是单生子，独个儿缀在枝间；寒莓则是簇生，聚集成团、成串。摘一串下来，一粒粒地数着吃，吃着吃着，就忘记数了。

寒莓成熟之时是秋色最为华美的时候，每逢此际，就想起普希金的《秋之韵》：忧伤的季节！眼睛的陶醉！我喜欢你道别的美丽——我爱大自然豪华的凋零，森林换上了红色和金色的外衣；林中是风的喧嚣和清新的气息，天空覆盖着波浪般的阴霾，有罕见的阳光、早来的寒冷，还有白发的冬天远处的威胁。

这样的诗句不像是诗人写出来的，更像是上帝的创造，有着自然天成的生命律动。在心里默诵着诗句，沿着水杉和枫香以落叶铺成的小径进入山林，在一只翅膀有些残破、身姿仍旧敏捷的蝴蝶的引领下，忽紧忽慢，越走越深。

阳光如金箔，将蝴蝶的翅膀镀上一层安谧的光，隔一阵子，风便送下几片褐红和金黄的叶子来，叶子以蝴蝶般轻盈的身姿落下时，空中就有梵音升起，在树梢上空长久地回旋。

走着，听着，用相机捕捉着，忽然觉得走不动了，像被一个亲熟的友人拦腰扯住，定睛一看，可不是嘛，那扯住自己的正是亲熟的旧友——童年的伙伴——秋阳下分外诱人的寒莓。

和其他悬钩子属的植物一样，寒莓的枝条上是暗藏着刺的，它以刺来保护自己，也以刺和那些经过它的事物打着招呼，若不及时停下，就会被它的刺钩住，亲密又凶狠地咬上一口。

寒莓茂盛之处必有鸟声和流水。寒莓喜阳光，也喜潮湿，而鸟儿们聚集在此则是为了取食，“删繁就简三秋树”，万物收敛的季节，林子里可吃的东西已不多了，而大自然却是恩慈的，在山林的低处，流水的近旁，特意为鸟儿们备下丰足的美味。

直到十二月，大雪落下之前，寒莓都是鸟儿们最好的食物，当然也是我的——当我在山林漫步感到口渴时，就摘下一串，像鸟儿们一样，坦然享受这大自然甜美的赠予。

烧田

到了霜降，田野里就听不到虫鸣了，偶尔见到一只蝴蝶停留在秸秆上，一动不动，走近了看，才发现翅膀是残破的。

田里的稻草垛不见了，被农人运回仓房储存。最后一车干稻草运走后，就可以烧田。

烧田通常是在黄昏，太阳快下山的时候，农人将田埂的枯草割下，和田间剩下的碎稻草拢在一起，拢成蓬松的草堆，划一根火柴，丢进去，呼的一下，草堆蹿起半人高的火焰。

农人离开稻田，站到田埂上，在落日的背景里酷似一尊神。田里的火焰前呼后应，在稻茬上奔跑起来，像受难，又像欢庆。

没有比火焰更魅惑的舞蹈了，充满野性而又危险的舞蹈。

除了农人，田埂上还有一棵无患子树。春天的时候，这棵树下曾拴过水牛；夏天，小鸭子们曾在树下躲阴；入秋后，无患子的叶子慢慢变黄，慢慢落下。现在，整棵树的叶子已落得差不多了，

只剩下树梢无患子椭圆的果子，一簇簇，在晚风里摇摆，如同发不出声音的默哑的风铃。

村庄里的炊烟升起来了，淡蓝色的烟霭浮在村庄上空，温暖又安谧，使人想尽快走进去，化成一缕烟，融入这安谧之中。

田里的烟则是肥白的，浓郁的，在浑圆落日的映衬下，有一种称得上庄严肃穆的美感。

不知什么时候，农人已经离开了田埂。稻田里空无一人，只有稻茬上的火在低低地烧着，呼呼作响。

落日收走了山头最后一抹余晖。暮色像魔术师的黑布，从四野罩下来。田间的火也渐渐暗下去了，空气里到处都是稻草烧出来的气息——只有植物才能拥有的，洁净干爽又绵厚的香气。

在完成烧田的仪式之后，稻田就正式进入冬天漫长的静默。田里空空的，什么都没有留下——不，田里还是留下了黑色的燃烧之后的痕迹。

那黑色的如同伤口的痕迹，是终结，也是重生。

万物的重生都是从终结开始的。经历了播种、生长、成熟、收获之后，稻田以燃烧清空自己——空无一物，再进入季节新一轮的起点。

在风里快步行走，脸颊摩擦着这冷，鼻腔呼吸着这冷，头脑清醒得像一口深山里的井，丝丝冒着冷气，又清澈见底。

冬

立冬了
湖水比昨天又浅下去一些
像一个后退的人，缓缓
退向内心

从这个日子开始
每天卸下一些多余的东西
把枝头空出

阳光越来越静。雪即将到来

柿子树

皖南徽州，立冬有吃柿子的习俗。柿子树就在村庄路边，捡那熟软的摘几只，余下的仍随它挂着。

在徽州，柿子树、枇杷树、石榴树，都有不少，巷子里走着，不出十步，就能遇到一棵，错落于村中，倚墙而立。

——也不能说倚，树与墙之间，还是留着一段空地的。

墙很高。徽州古宅的屋墙都是高的，灰白黑三色，内敛中透着高冷，视觉上容易予人压抑感。

好在有果树。

徽州人种果树的目的似乎不是为吃，很少有人去摘那些果子。徽州人种果树是为看，是一种住宅美学。

枇杷五月黄。石榴九月红。到十月，霜降前后，柿子也红了。“霜降酿柿红”，这是古人的诗句。酿，是一个缓慢而迷人的过程。柿子由青变黄，由黄转红，也是一个缓慢而迷人的过程。

关于红色，有很多种分类：大红、朱红、水红、橘红、杏红、桃红、玫瑰红、铁锈红、枣红、绯红等。

还应该加入柿子红。

柿子红是怎样一种红呢？“落日一样，饱满而沉坠的熟红。”我曾这样比喻，但还不够准确。再好的比喻，与实物总是有偏离的。

柿子红是红色之经典。没有比熟透的柿子更纯正的红了。

冷色调的古徽州村落，有了柿子红的点染，就有了暖意。即使村子里的人与房屋都在老去，只要房前屋后有一棵柿子树，只要有一树红红的柿果挂在枝头，从晚秋挂到初冬，挂到大雪纷飞之日，就还是有生气的。

路过的人，走在铺满枯叶的石板路上，感叹村落不可避免的衰败时，忽然看到一树柿果，在转弯处，那么红，心里会为之一动，宁静又柔软。

随时钓鱼的幸福

立冬后太平湖就进入枯水季，水位退得很快，原来沉于水底的湖滩在这个季节都浮于湖面了。滩边撑了很多阳伞，一朵一朵，蘑菇一样，每朵蘑菇下都坐着一个手握钓竿的人。

在太平湖钓鱼的人很多，除了附近以垂钓为生的渔民，更多垂钓者是住在小城里的居民。有两年，我每天搭乘客车早出晚归来往于小城和湖之间，一对老夫妻总是和我在相同的时间搭乘客车，在相同的地点下车。他们衣着朴素，头发略白，肩上背着军绿色的帆布长背包，手里拎着折叠椅、水壶、面包。他们的脸是铜红色的，很健康，额头舒展，上扬的嘴角抑制不住郊游般的快乐。

这对老夫妻确实是去太平湖郊游，以钓鱼的名义。每次在湖边下车时，两个人都叮嘱对方慢一点，同时不忘和司机打招呼，让司机在末班车回城的路上捎上他们。下雨下雪的日子也不间断，只不过手里多了一把大伞。他们的收获并不是很多，有时回城，

看见他们提着的网袋和来时一样空着。老两口脸上并无沮丧，眼睛和嘴角依然盛着笑意，像两个跑出来玩水的孩子般满足。

曾有一个同事也是垂钓爱好者，周一到周五中午休息的时间，他会在办公室的一角忙活着，所忙的事情也都是和钓鱼有关的，地上摆满了鱼竿、鱼饵、鱼线，还有一些我实在说不上名目的东西。他不时用刀切割着一块块豆油饼，很细心也很专注，办公室被他弄得像个渔夫的小木屋，同时还油香四溢。

一到周末，他就把准备了五天的家伙背到湖边，从清晨坐到傍晚，直到暮色覆盖湖面时，才收拾装备，拎着沉沉的网兜起身回家。

这个同事在太平湖待了一年后就离开了，他妻子坚持要他离开。有天他妻子把他钓得的鱼全扔到马路上，说你一个大男人，整天不务正业，拿什么养家？这个同事辞职去了一家房地产开发公司。后来遇到过一次，问他现在是否还钓鱼，他说如今忙得连吃鱼吐刺的时间都没有，别说钓鱼，再钓鱼要等退休以后了。

昨天中午，在码头对面拍了几张垂钓的照片。垂钓者坐在湖心的浮排和小木舟上。原本是想拍湖边的芦荻，而当我看见静坐在浮排上的垂钓者时，目光便被勾住了。那些垂钓者们恰好坐在一片潋滟波光里，鱼竿上沉甸甸的，钓着一整座山林投身湖心的倒影。

忘记了是谁说的一句话（原话也已忘记），意思是说，你钓不钓鱼没关系，只要你拥有随时可以去钓鱼的时间就是幸福的。

若按这种标准来衡量，那么我也是幸福的了。我就拥有随时可以去钓鱼的时间，尽管从没钓过鱼。

腌酸菜

乡村的冬天是从腌酸菜那天开始的。

腌酸菜仿佛是入冬的仪式，每户人家在举行了这道仪式之后，才可安心地进入冬天的巢穴，过一段缓慢而清闲的生活。

腌酸菜的前几天必有几场霜冷。清早推开门，打眼看见的就是对面人家屋顶的霜，薄薄地覆在瓦楞上，让人疑惑那可是过早降落的雪。

庄稼地里的霜更白，像是镀了一层银粉。

庄稼地里的内容这时是比较单调的，架子上的瓜瓜果果都不见了，只剩下大白菜、萝卜和雪里蕻。这些生长在低处的菜蔬在经了几次霜冷后已有了甜味，仿佛那莹白的霜本身就是一种糖，在日出时融化，将清甜的汁液渗入它们的叶与根茎。

腌酸菜需要的就是这些有甜味的菜蔬。在一个好天气里，将这些菜蔬拔出泥土，削去根，摊在太阳地里晒上半天，再用竹篁装起，一担担地运送到河边。

村子里的河从霜降之后就一直忙碌着，洗菜的人走了一拨又来一拨，河面上浮满了大白菜和雪里蕻零碎的叶子，也浮满叽叽喳喳一浪盖过一浪的说笑声。

作为入冬仪式的主角，酸菜缸也将在河边接受洗礼。这个和水缸一般粗壮的家伙实在是太沉了，需两个大人合力才能搬动。人们像螃蟹那样横着身子，笨拙地将其抬到河边。

酸菜缸在厨房的角落里已闲置大半年了，整天和蛛网、灰尘为伍，偶尔还会有油虫和老鼠过来探访一下，不过它们并不会在此逗留很久——缸口上压着圆木盖呢，进不去。即便能进去也将是徒劳，甚至还要搭上小命。黑洞洞的酸菜缸只在隆冬的日子是殷实的，春暖过后便空了下来。

我家的酸菜缸是不用费力往河里抬的，后院就有一口井。说起来这口酸菜缸比父亲还要年长，父亲说他记事时这口缸就在厨房的角落里待着了，全家老小十几口人，整个冬天吃的菜就从缸里捞。父亲印象最深的是每天祖母踮着小脚去缸边捞菜时，他便吸溜着鼻涕跟在身后，巴望着祖母递一只酸萝卜给他——那时没有零食，腌得黄澄澄、脆生生的酸萝卜便是不错的美味了，够他寡淡的嘴嚼一阵子。

父亲是祖母最小的儿子，得到的疼爱当然也多些。祖母从没有让父亲失望过，脚下垫着厚木墩，一手撑着缸沿，一手搡开压在酸菜上面的大石头，卷起衣袖，将大半只细瘦的胳膊插进酸菜缸——酸萝卜埋在一层层的酸菜下面，得费一番力气才能捞出。祖母从不让父亲自己捞——酸菜缸里的水结着薄冰，冷得就像一

把刀，割得骨头缝里都丝拉拉地疼。

祖父和祖母相继去世时父亲十六岁，还没有成年，他的哥嫂觉得既然父母不在了，兄弟们就不应当在一起过日子了，得分开来各过各的。于是分家。

酸菜缸就是父亲在分家时唯一分得的财产，是父亲自己要来的，他说别的我可以不要，那口酸菜缸给我留着吧。他已成家的哥哥们看了看角落里空着的酸菜缸，都没说什么。

这只祖母辈的酸菜缸可不像人那样容易苍老，当父亲额头上的皱纹一层层增加时，酸菜缸还是他小时候所见的样子，没有丝毫的变化，大概越是粗砺的东西越经得起时光吧。

酸菜缸被父亲小心地搬到后院，洗去了蛛网和灰尘，但是再怎么清洗，那年深月久的咸酸味总在缸里浮动着，吸一口就到了人的肺腑。这味道已变成它特有的体味了，是多少井水也去除不掉的。

酸菜腌得好不好关键在踩的功夫上。

踩酸菜通常是在晚上，下午洗过的大白菜这时已沥干了水，在竹匾里安静地等候着。父亲将厨房的灯泡换上100瓦的——父亲只在特殊的日子里才换这么亮的灯泡，比如茶季和过年的时候。换上大灯泡后的厨房一下子亮敞了，连最暗的角落也有了暖融融的光。澄黄明亮的灯光无处不在，让人心里也通透起来，莫名地快乐着。

酸菜缸这时已在它固定的位置上等着了。父亲用热水泡好脚，将裤腿挽得高高的，跨进已垫了一层大白菜并撒了盐的酸菜缸里。也不知道是不是酸菜缸的魔力，赤着脚的父亲刚跨进酸菜缸，立马就变成了一个大孩子——额头上的皱纹没有了，脸上的憔悴没有了，眼睛里尽是调皮的神色，嘴里哼着山歌，双手背在身后转着身子，啪哒啪哒地跳起舞来——很多年后，当我在电视里看到来自爱尔兰的踢踏舞《大河之歌》，一下子就想到父亲当年踩酸菜时的模样——那轻快的节奏和身姿是多么相像。

我是父亲舞蹈的忠实观众，也是父亲的好助手，当父亲停下来时我便抱一捆大白菜上去。父亲将菜整齐地码在缸里，均匀地撒一层盐粒，接着跳起他的酸菜舞。

酸菜缸已接近小半满，父亲脚下的节奏慢了一些，舞蹈的幅度也小了很多。父亲吩咐我将装着萝卜的竹篮拎过去，哗啦一声倒进缸里，撒上盐，再码一层大白菜，再撒盐，接着踩。

等竹匾里的大白菜全都踩进酸菜缸时，父亲额上已满是汗珠子，站在酸菜缸里，那么高，头顶都快挨着天花板了。踩熟的大白菜有着透明的翡翠色，菜汁的味道又浓郁又清新，溢满了整个厨房，空气都变得绿莹莹的。

腌酸菜的最后一道程序是压石头。扁圆的石头看起来就像新疆人吃的馕饼，严严实实地压在酸菜上，直到菜汁漫上来，将石头浸没。

酸菜腌好了，飘雪的冬天也就到了。

当第一场雪不期而至，将整个村子盖在厚厚的雪被下时，酸菜缸就成了主妇们殷勤光顾的地方。伸出冻得通红的手，掀开缸口上的圆木盖，那酸菜特有的鲜香便迫不及待地钻出，向人扑过来。

大风送来冬天
满山的叶子去了哪里?

就在前天
一只孤雁曾飞过我屋顶
将鸟鸣挂在树上

天真的冷了
在梦里我去了很远的地方
仿佛是另一个家乡

家乡的屋顶落着雪
柿子那么红
那只雁去了哪里?

雾中

小雪前后，每日皆有大雾。

今晨醒来，翻开枕边的《黑塞诗集》，刚好读到《雾中》：

在雾中散步真正奇妙！
一木一石都很孤独，
没有一株树看到别株树，
每一株都很孤独。
……

在雾中独行过的人，很容易从这首诗中找到似曾相识的感受。雾像一只白色的巨兽吞没了大地，熟悉的道路、树林、河流、远山，皆消失于一片混沌而苍茫的雾中。雾修改了世界原来的面目，咫尺之间的距离变得遥远，就连路旁枝丫相触的树木也看不见对

方的存在了，整个世界仿佛只剩下孤独的自己。

近几日，我的内心也被迷雾笼罩，陷入怠惰和晦暗。

进入寒冷的冬天是迷雾升起的原因之一。对自己的生活状态、正在做着的事情突然地厌倦、怀疑，是内心迷雾的另一个原因。岁月流逝、容颜老去、身体暗潜的疾病疼痛，这些也是我没有办法拦截的雾障。

天气晴好的时候，会用行走和拍摄来驱散内心迷雾，这很有用，就像梅·萨藤所说的："不论什么宁静都存在于自然中，存在于感到自己是它的一部分，哪怕是一种不起眼的存在。"当我长久地面对一朵野花时，"我"就消失了，感觉不到肉身以及疼痛的存在了。我的存在就在面前这朵细小的花上，它在镜头中呈现的美占据了我的整个世界。

入冬后野外很少看到花朵，不过只要走出去，置身山林、湖畔和村庄当中，还是会有意外的发现。

昨天就发现了野生辣椒花，在湖边的一片荒草地。可能是之前有人将拔去的辣椒禾子随手扔到这里，禾子上未被摘尽的辣椒就地发了芽，长出新的辣椒秧子，很快又开出花来。尽管现在是冬天，温度仍然是深秋的，仍有植物在单纯的生命力驱使下拼了命地生长。

如果不是此刻田间已开始荒芜，我很难注意到这小小的辣椒花。当大地上有那么多花朵竞相绽放时，辣椒花这细小而又朴素的模样轻易就被淹没了。而此刻，当太阳穿过冬雾，把光芒递过来，辣椒花和花瓣上的露珠瞬间明亮起来，成为这个早晨大地上纯美透明的音符。

花朵和露珠，它们都是脆弱的，纤细的，短暂的，也许在我拍摄过后就会消失。开在冬天的辣椒花也不会结果，只会迅速凋谢。露珠则会眼泪一样滴落，蒸发。事实上在我拍摄的同时露珠就在滴落。它们确实太短暂了，但又确实是绚丽的，在我的镜头中，它们的绚丽毫不逊色于一座花园和一面湖水。

蹲下来拍摄时，想起《金蔷薇》中的一段话："人常常惊异于那些生活中不能起任何作用的东西，譬如惊异于那捕捉不到的倒影，不能播种的峭壁，天空那奇异的颜色。"——我每日里拍摄的这些，在生活中也是不起任何作用的，之所以乐此不疲，是因为心灵的触动，如同此刻，在我打开相机镜头以微距凝视花朵与露珠时，内心同时也在接受它们的凝视、净化。

——就连这样细小脆弱的事物都不惧即将到来的冬寒，将生命之美从容呈现，坦然面对生与灭，我又有什么理由让自己的精神萎靡，在雾障中消沉？

山茱萸之果

是在一个很老的村子里看见山茱萸的。

看到山茱萸之前，以为入冬后能在树上看见的红果只剩柿子了。

山茱萸树就在村子入口的路边。起初并不知道它是山茱萸，从树下经过时，头很自然地低下来，担心碰到那些红果。走过去几步，想想，又折身走回来，这到底是什么果子？红得那么隆重，逆光看，每一颗果子都晶亮饱满，蓄足了浆汁的样子。

这么多的果子，又在路边，怎么就没有人采摘？是有毒的野果吧——如果真是有毒的野果，又怎么能随它长在这里，不担心孩子误食吗？

进村后，发现一路皆是这种挂满红果子的小乔木，在正午的阳光里，宝石般灼灼发光。

有村民走过来，打听之下，才知道是山茱萸的果子。

“这果子能吃吗？”

“吃是能吃，可谁吃它呀，这可是中药材。”村民笑道。

村民披着一件老棉袄，手里捏着长烟杆，看不出年纪，也许七十岁，或者八十岁。

这真的是一个很老的村子，人是老的，房子是老的，树是老的，桥是老的，石板路是老的，就连阳光和风到这里也变老了，地老天荒的老，又老又宁静。

走到村子中间，看见一对老人在门口的太阳地里坐着，老爷子发须全白，眉毛也是白的，眉梢垂挂下来，很有仙气——如果是在山里遇见，真以为是老神仙。老婆婆的个子极小，又瘦，一阵风就能吹走的瘦，头发也全白了，在脑后挽了一个松松的髻。

老婆婆中指戴着顶针，低头缝着棉被。棉被摊在一只大竹匾里，泛黄的棉布被里，褪色的花布被面，背面上印着大朵的牡丹，红花绿叶地衬着，像一出老戏，反反复复地唱，仍旧有着年深月久的热闹劲。

老婆婆脸上满是褶子，眼睛眯着，褶子就更深了。老爷子坐在边上，也不说话，只是看着老婆婆的手，又好像是看着被面上的图案。

老婆婆和老爷子穿的是黑色棉衣，款式也是老的，老婆婆的是斜襟，老爷子的是对襟。

走上前和两位老人打招呼，两位老人转头看着我们，脸上是一副“没听懂”的表情——也许是没听见吧，到了这个年纪，耳背是很正常的事。

我们当中的一位摄影师想给两位老人拍照，问他们可愿意，这回老婆婆听懂了，很开心地点头，说上回也有人给他们拍了照，没多久还把照片寄来了，还寄了一大箱吃的东西，“我们老了，不好看了，你们要照就照吧。”

摄影师让两位老人坐在一起，老爷子露出有些害羞的表情，仍旧不说话，老婆婆倒是大方得很，站起来，坐到老爷子身边。

拍完照后，摄影师从口袋里拿出两张百元的钞票，递一张给老婆婆，老婆婆很惶恐，说不要不要，又没做什么，怎么能拿你的钱？摄影师说，你的年纪比我老娘还大了，就当是我一点孝敬的意思吧。老婆婆这才没有推辞。摄影师接着把另一张放进老爷子手里，老爷子还是有点害羞的样子，头微微低着，不说话。

“我最小的儿子要是活着，也有你这么大啦……”老婆婆打开了话匣子，没有牙齿，说话漏风，很多话听不清，不过还是听懂了一些。原来她和老爷子生了九个孩子，活下来的只有一个女儿，又嫁得远，很少回来，现在屋里就他们两个老人过着日子。

老婆婆忽然想起什么，走进屋子，不一会，端出一碗松油色的山芋干，“没东西招待你们，就吃点这个吧。”

山芋干还是热乎的，刚从火桶里拿出来的。山里气温低，冬天必须要有火桶取暖，有时也用来烘烤食物和衣服。

老婆婆说这本来是留给村长吃的，村长最喜欢吃她烘的山芋干，“村长隔几天就来我家，帮我砍柴种菜，还送米和油过来……”

正说话间，就过来了一位五十岁上下的人，皮肤黝黑，手里拎着一袋米，老婆婆忙迎上去，脸上是母亲看见孩子回家时的表情。

不用问，这就是村长了。

“你来晚了一步啊，留给你的山芋干被我们吃掉了。”摄影师举着手里吃了一半的山芋干，笑道。

村长也笑起来，“老婆婆真神，能算准我哪天来，来的那天她就烘这山芋干。”

“你们不嫌弃老婆婆，吃她烘的山芋干，她会很高兴的，不过老婆婆这人可是特别爱干净，你们看这地，多干净啊，老婆婆每天大清早起来就扫地。”

听村长这么一说，我们才注意到地面，那是小青石铺的路，人踩来踩去，早就把石头磨得光滑透亮，果真一点灰尘都没有。

“你们来的时候看见路边那些山茱萸了吧，是老婆婆以前种下的，老爷子年轻时是个浪子，不着家，家里就靠老婆婆一个人养活，没有收入，就种药材。这村子地势高，温度低，很适合药材生长。

“老爷子直到老了以后才算安分，守在家里了，可他年轻时没干过农活，老了也还是什么都不会干，耳朵又聋，还得靠老婆婆照顾。”

村长说这些话的时候，老婆婆只管接着缝她的棉被，面容平静安详，好像村长说的并不是她的事，好像她经历的那些事、受的那些苦，早已被她淡忘了。

离开村子的时候，看那些山茱萸的果子，似乎比来的时候又更红了。摘一枚放进嘴里，没有浆果的津甜，也不苦涩，只有一些微微的酸味在舌尖漾开。

再转回身看村子，还是很老很宁静的样子，这些红艳艳的山茱萸果子留在树上，对即将进入深冬的村子来说，也是一种温暖的慰藉吧。

只是不知道，这些果子还会在树上挂多久。

一场大雪之后，也许就落下了。

凛冬已至，雪还未落

昨晚有月，今晨有雾。两件不相干的事，是我此刻想记下的。

也并非完全不相干，在冬天，只有晴朗的夜晚才能看见月亮，而雾也是晴朗天气的象征。“冬雾晴，春雾雨”，谚语里是这么说的。

现在很少有人记得谚语了吧，人们已不再依赖古人的经验生活——打开手机，就能知道想知道的：气温，空气质量，晴或者雨。而我还是喜欢依据自己的观察来预测天气，这会使我保持对自然的敏感。

临近中午，雾才散去，外面有山斑鸠的叫声。

小区外面就是田野，山斑鸠的叫声常能听到，天晴时听得更多些。在冬天听到山斑鸠叫，会使人分不清季节，似乎秋天还没过去，或春天提早到来。

山斑鸠的叫声很高，它们喜欢蹲在高处，蹲在树冠和电缆线上，像个胖胖的逗号。一只山斑鸠叫着的时候，总有另一只在远

处呼应它，仿佛它的回声。

住在村庄边最大的福利就是能听到自然的声音，鸟鸣、蛙唱、蝉歌、虫吟，风吹树叶，雨打窗篷……我的耳朵对这些声音格外敏感，像一个人对心爱者的脚步那样敏感。

若没有自然的声音，世界会变成什么样子？陷于嘈杂，还是坠入死寂？

昨晚把《刺客聂隐娘》又看了一遍。这电影刚上映时在影院里看过，当时只专注于情节，没有留意其他。昨晚一个人，在客厅里，关上灯在暗中看，耳边全是自然的声音。这部电影，几乎收集了大自然所有的天籁，这些声音贯穿整部电影，成为电影的背景音乐，烘托着场景的气氛，起着旁白的作用——安静的，寂寞的，孤独的，惊恐的，荒凉的。

最突出的是鸦声，将画面的空间感一下子打开，显出无边无际的空旷，前不见来者后不见古人的空旷。那鸦声，是聂隐娘心里的声音吧。聂隐娘在这部电影里的台词极少，一两句而已，表情也没有变化，我们无法从她的表情里看见什么。唯有鸦声能代表她的内心，黑色的、亡灵般的声音。

这并不是一部以情节取胜的电影，导演显然是要让自己摆脱媚俗，不意以情节取悦观众。他想取悦的是自己，那个试图遁入“枯藤老树昏鸦，小桥流水人家”的自己。

事实上，他仍然取悦了一部分观众，比如我。

午前，雾刚散去的时候，我取出相机，在阳台对着红叶李树按了两次快门。红叶李树的叶子早就落了，唯有一根枝丫上留着几枚红叶。叶子攒在一起，打眼看，像极了花。一树叶子都落下了，独这一根枝条末梢的叶子不落，毫无枯意，是什么样的意念在支撑着它？

细看红叶李树的枝条，已有许多细小的苞芽，仿佛是这些苞芽的鼓出，使得叶子不得不落。不仅红叶李，梅树、望春、玉兰、木莲，也在枝头鼓出了花苞，在叶落的同时，开始新的生长。

想起昨晚的月亮，那么圆，又那么清冷，像一面在雪里藏了很久的镜子。

那或许是今年看见的最后一轮皓月吧。

十二月，凛冬已至，雪还未落。春天微露端倪，在冬天寂静的心脏。

没有什么着急的事了
花的事是三月的
果的事是六月的

收获的事和储藏的事
是九月十月的

十一月可采菊
十二月可等雪
叶子落在大地上
种子长好了翅膀

像雪那样轻
像雪那样白
喜欢的人吹一口气，它就
飞起来

清凛之美

昨日午后朔风大作。裹紧衣服，走在风里，想起一句古诗：“昨夜朔风能凛冽，冰花亦结砚池中。”

冰花就是霜花。朔风之后，凡有水处必结霜白。

朔风是有锋芒的，吹在山谷有兵戈之声，吹在田间有倾覆之势。走在风里，似有无数把小刀子刮过脸、眼睛、鼻子、耳朵、嘴唇——吸入的每一口气流都是清凛的，钢硬的，冷的。在风里快步行走，脸颊摩擦着这冷，鼻腔呼吸着这冷，头脑清醒得像一口深山里的井，丝丝冒着冷气，又清澈见底。

想着次日就能见到霜，便觉得这冷也是可贵的。

已是大雪节气，今年还没下过霜。翻开旧时写的笔记，十一月就有霜了：“连着下了几日严白的霜，下霜之前已刮了两天粗砺的风。”

只有下过霜，才算真正跨入冬天的门。

冬天是有门槛的，霜是第一道，雪是第二道，雪上覆霜是第三道。而此前漫长的时日，不过是秋的延伸。

并不偏爱冬天，但我喜欢冬天有冬天的样子，清晨推窗，能见着霜的白，雪的白。霜雪之后，自天空倾泻的，是能将人的筋骨晒至起酥的冬阳。

今晨醒来已近七点，隔着窗帘，隐隐有日光，赶紧起床，洗漱好出门。意外的是，小区的草地并没有结霜，没有覆上那粗盐粒样的霜白。红山茶正开着花，雏菊也在开着花，自顾自地，傻傻地开着，毫无畏霜之意。

出小区，对面就是稻田，稻子在两个月前收割，留下半尺长的稻茬。晚秋天气暖，稻茬上又抽出不少新穗，拈一粒在手中，壳是空的。毕竟不是它的季节了，没有力量灌浆，长出饱满的谷粒。

过马路，走到对面，心中一喜，那裹着草叶和树叶的，将每一枚叶子都镶上银边的，不正是霜吗？只是一条马路相隔——不过五十米的距离，俨然两个世界，马路那边是冬天，马路这边还是晚秋。

去野外寻霜，也有着与前人相会的心情。这个前人就是德富芦花。

总是忍不住要想起德富芦花，也总是忍不住要说起德富芦花，春天会想起他的“午前春阴，午后春雨，暖和悠闲，而且宁静”；梅雨天会想起他的“雨下了停，停了下，鸦声与蛙鸣此起彼伏，争唱雨晴”；而霜风一刮，则会想起：“我爱霜，因为它清凛洁白，给人报知响晴。”

这些句子已深深嵌入我的脑子，不用去想，只要遇到对应的时间、场景、事物，就会冒出来，仿佛德富芦花就在我身边，一句一句，对我说着那些话。

读一个人的书，读到化境，就是与作者分不出彼此了吧。作者的灵魂附着于你的身体，他所经历的、思考的、喜欢的、憎恶的，都潜移默化影响着你。

德富芦花有多篇写霜的文章。他写霜，其实是写冬日的田野、村庄，写在霜天里劳作的农夫，写浸着霜白的日出，写霜在日出后融化时折射的光芒。这些都是细微之物，有瞬间即逝的美，然而又是淳朴的，原始的，神性的。

大雪

“农舍、竹林以及田地里成堆的稻草垛，甚至连那一寸高的稻茬上，也是向着阳光处闪着银光，背着阳光处呈现紫色。一眼望去，无不是银光紫影，紫影中隐隐可见白霜，大地仿佛成了一块紫水晶。”在这个结霜的冬日，在黄山脚下十字畈村外的稻田里，我如期遇见了德富芦花。我在德富芦花的声音里蹲下来，在稻茬中间蹲下来，用手机拍摄下虽空瘪却仍然垂下腰来的稻穗，拍摄下稻穗和稻茬上的白霜与日影，拍摄下稻田向光的银色、背光的紫色，也拍摄下远处的村庄、村庄上的山峦。

无论世界变化得如何迅疾，让人无所适从，匪夷所思，只要有一些东西始终不变，年年得以遇见，就还是能给人心以安宁与慰藉的。比如冬天的霜雪，春天的雨水，夏天的蝉鸣蛙唱，秋天的蓝色天际。

蜡梅开

雪还没有下，蜡梅就等不及地开了。

天气太暖和，石缝里的草还绿莹莹的，青苔也是绿的。这哪像十二月呀，更像是春天。

早上还是很冷，下过霜，白白的粗盐粒样的霜。湖上有一缕缕雾气，站在水面，又站不直，身子弯了好几道，在风里软软地扭着。

一个四岁左右的孩子看见这雾，大叫：仙女姐姐，仙女姐姐……

可是太阳很快就出来了，仙女们见到阳光就跑散了。

“妈妈，仙女姐姐不见了！”

孩子吃完早饭，看见空荡荡的湖面，惊慌地问。

“你吃饭那么慢，仙女姐姐都回家啦。”

“仙女姐姐的家在哪里呀，我们可以去玩吗？”

“仙女姐姐的家在天上，我们没有翅膀，去不了啊。”

几只大白鹅钻出篱笆，穿过马路，拍着翅膀向湖边跑去，身子一摇一摇，笨笨的。

孩子忘记了仙女姐姐的事，目光紧追着鹅，大笑着，学它们的样子，张开手摇摆起来。

阳光照到脸上，毛茸茸，暖融融。

蜡梅花的香气飘过来了，怯怯的，有些羞涩，像刚刚长大的姑娘的羞涩。

“呀，雪还没有下，蜡梅就开了……”

孩子的妈妈看见了蜡梅树。树上那么多的花苞，紧贴树枝。

孩子的妈妈走到花树下，一群麻雀也在花树下，见人来，呼啦一下飞上树，又呼啦一下飞走了。

什么时候下雪呢？

枫香林的叶子落尽了，蜡梅开了，该是下雪的时候了。

初雪

一只山鹰在天空飞着，漫不经心地滑翔。

山鹰滑翔时翅膀是不动的，滑过一圈又一圈，滑到低处，才扇动几下翅膀，让身体在气流中升高，姿态很是从容，仿佛整个天空都是它的。

天空没有云，只是蓝，旷古悠远的蓝，蓝得使人出神，定在那里，渐渐就融化了，化成空气，化成静静的水流。

山脚下的湖水也是蓝的，如同天空落在地上的部分，比天空的蓝又深邃一些。

这样蓝的天空和湖水，是初雪之后才会有的。

今年的初雪下得有点突兀，像一个闻风而来的客人。真怀疑这雪是我念叨来的，两天前我刚在文章中写下“枫香林的叶子落尽了，蜡梅开了，该是下雪的时候了”，这雪就来了。

雪当然不是我念叨来的，哪有这么神奇的事呢？不过有时也

有这样的事发生——你刚说出一个人的名字，那个人就出现在你面前，所谓“说曹操曹操到”。

雪落下来的那阵子已近傍晚，我在办公室里，在电脑面前，没有留意外面的情形。

“下雪了，你知道么？”从外面回来的同事推开门说道。

“是吗，下雪了？”

赶紧起身，走到窗前往外看，昏沉的暮色中，隐约看见絮白飞舞，果然在下雪。

下班回城时，雪下得密了一些，和着雨水。

冬天的第一场雪，总让人的心情有些不一样，像迎接一个久别还乡的人，喜悦与感慨交织，想上前拥抱，又有些羞涩——分别的这段日子制造了新鲜感，也制造了些陌生感——迟疑片刻，终归还是上前去拥抱了，用手掌，用脸颊，用嘴唇与之轻触、摩挲，感受初雪的凉意和甜润。

今年的初雪是和雨一起到来的——雨夹雪，如同还乡的人不是独自回来，还带了另一个人，手挽手地回来。这就让人有点手足无措了。中间隔着一个人，就不能过分热烈地上前拥抱，与之亲密了，也就冲淡了迎接的喜悦感。

和雨一起到来的雪是留不住的，落地就化。第二天清早，拉开窗帘往外看，哪里还能看见一点雪的痕迹，让人疑惑昨天下的雪不过是梦中情节。

也可能真是梦中情节。不曾留痕、不能永恒的事物，如同黄粱一梦。

这雪也不是一点痕迹都没留下——这么蓝的天空和湖水，就

是雪来过的痕迹。

还有清冽的空气，也是雪来过的痕迹。当我嗅着雪后的空气来到山谷，望着空中孤独又自在的山鹰，和山鹰背后那么蓝的天空，仿佛听到一个声音说：看，这不就是永恒之所在吗？当你的目光足够深远，你就能在宇宙中看见永恒。

冬日，正午
一个老人在太阳下剥橘子

她剥得温柔又小心
仿佛橘子里藏着年轻时
那些迷人的事情

空气已布满果汁的味道
甜的，酸的
包围着她

在她头顶，一只更大的橘子
也剥开了
汁液喷出，尘埃芬芳

负冬日

冬至日，天气极好。

近几日的天气都好，晨有霜，夜有星，白天是黄澄澄的大太阳。

太阳很早就闪出来了。太阳一出来霜就一层一层薄下去，薄下去，变成透明的水珠子。

这么好的天气，可舍不得浪费，屋子里，能洗的能晒的，都洗了晒了。翻过一天，太阳还是那么好，比前一天还要好，还是舍不得浪费，就把那可洗可不洗的，也洗了晒了。

阳台的每一片阳光都有了归属，棉被上躺着阳光，鞋子上走着阳光，衣服里摇摆着阳光。还有一片阳光，在阳台正中，无所事事的样子，等着什么的样子，刚好可以放把椅子。

就端把椅子，放在那片阳光里。

冬天这么好的太阳，是老天爷赐给的福气，一丁点，一丝丝碎屑也舍不得浪费。把自己放在椅子上，背对着太阳坐着。日光浇在头顶，温温的，有点烫，又不太烫，绵绵不绝，顺着发梢流淌下来，渗入毛孔、肌肤，渗入筋骨。

半天过去了，日光丝毫没有变浅。背心滚热，骨头哔啵作响——觉着自己像一枚乌桕树上的果子，晒干晒透，就要炸裂了，但仍舍不得离开阳台，舍不得让这么好的太阳白白浪费掉。

冬日的阳光就是酒啊，老天爷赐给的酒。一杯杯地饮着，饮到面红耳赤，饮到目醉神迷、四大皆空，还是舍不得放下杯子，抱着酒坛，对着光阴说，再来，再来。

太阳晒得舒服时就想到宋国那个农夫，一辈子住在乡间，穿的是破衣烂裳，不知道这世上有华美的房子，有漂亮又暖和的衣服，以为最暖和的衣服就是太阳光，最好的房子也是太阳光。整个冬天农夫就在太阳地里坐着，晒背，晒脚。开春了，别人都在为生计忙碌了，他还不挪窝，还在那太阳地里坐着，晒着。农夫对晒太阳这件事上了瘾，着了迷，多么舒坦啊，老天爷把这么好的太阳白白端出来，美酒一样端出来，为什么不好好享用呢？为什么还要忙来忙去争来争去呢？农夫对妻子说，不如把晒太阳这么舒坦的事告诉皇帝，皇帝一高兴，说不定会给个大赏。

这个农夫就是《列子·杨朱》里的那个农夫，被当作笑话记录在书里而贻笑千年的农夫。但我一点也不觉得这农夫是个笑话，他喜欢坐在那里晒太阳，和一个人喜欢周游列国、游山玩水有什么不同呢？周游列国还需要成本，而晒太阳不需要任何成本。他想去向皇帝邀赏，大约是晒太阳的副作用——一个白日梦而已，或者是被他的妻子抱怨得急了，就异想天开地冒出这一句来。

一个晒着太阳就很满足的人，“大赏”对他是没什么诱惑的。诱惑源于欲望，而欲望源于不满足。但农夫有妻子，有家人，他需要为家人的生计负责，如果能从天上掉下一笔“大赏”，家人生活无忧，农夫也就可以从此心安理得地晒太阳了。

在我看来，这个农夫更像是诗人，也像哲人，只不过他自己并不知道诗人是什么，哲人是什么。其实我也不知道，说不清诗人、哲人、俗人，有什么区别。也许这三种人之间本无区别，可以瞬间转换。比如农夫，比如我，有时是诗人，有时是哲人，有时也是俗人。

我的身体里就住着一个宋国的农夫，也许每个人的身体里都住着一个宋国的农夫。在我晒着太阳，并且以为这是世界上最惬意的事情时，也有和农夫同样的想法：应该让更多人知道，晒太阳有多么舒服，世界上没有比晒太阳更美的事了，为什么要那么忙碌呢？拥有那么多的房子，挣那么多的钱，却连晒太阳的时间和自由也没有，有什么意思呢？

做个宋国的农夫，一心一意地晒太阳，“负日之暄”，也不是那么容易的事。需要自适的心境，心无挂碍，清净无欲，才能坐得住，才能感受到太阳一寸一寸，浸濯肩背，沁入毛孔，到达骨缝的美妙。若心里记挂的事太多，七上八下，猫爪子挠了心，坐在那里也会不踏实，不消半日就会头晕目眩，虚火上升。

我在太阳地里晒着的时候，也是不能做到全无挂碍的，会惦记着截稿日期在即还没有动笔的文章，会想着已经完成书写还需要修改的书稿，会想着塞满电脑磁盘急待整理的图片，这一年只剩几天，很快就要过去了，再不做就来不及了。

这么一想，心里顷刻浮起岁末的焦虑。

是去坐在电脑前工作还是继续坐在阳台上晒太阳，或者把电脑搬出来，在阳台上工作……纠结着这些想法时，晒太阳的乐趣已浅下一大截。

叔本华说：“生存的全部痛苦就在于，时间不停地在压迫着我们，使我们喘不过气来，并且紧逼在我们身后，犹如持鞭的工头。倘若在什么时候，时间会放下它悬鞭的巨手，那只有当我们从令人心烦的苦悲中完全解脱出来。”

什么时候我们才能“从令人心烦的苦悲中完全解脱出来”？

是生命行将结束之时吗？为什么要这么逼自己？为什么不能顺应自然地生活着？冬天不就是让万物休息的吗？人也是万物之一啊！为什么总是习惯于压榨时间而不是享用它？一直往前赶往前赶究竟要去向何处？何处是目的地？何处是终点？一个人活在这世上努力做的一切是为了更快地到达目的地和终点吗？终点之后又是什么？绝顶之后又是什么？为什么不允许自己在途中停留，忘记时间这个东西，什么也不做地坐在那里歇一歇，望望天，不急着赶路，不急着抵达。

浮起的焦虑感散去了，像突然升起的雾霾被风吹去。我说服了自己，没有坐到电脑跟前去，而是脱掉外套，脱掉鞋子和袜子，让脚裸露，光溜溜地伸进阳光里。这双脚已经走了太久的路，起了厚厚的茧，它需要休息，需要在冬天的好天气里见见太阳，让阳光像母亲年轻时候的手，温柔地，抱着婴儿一样地抱着它。

冻米籽

每到冬至的节气，母亲就把那只黑黝黝的，仿佛历尽沧桑的饭甑子从杂物间里翻寻出来，拿到结了薄冰的河里浸泡。

饭甑子是木头家伙，得压一块石头才能让它老实地待在河底。半天过后，母亲估摸着饭甑子差不多已吃足水了，便去河里将它捞起，洗净。吃了水的饭甑子比先前精神了很多，不再是刚出杂物间时松松垮垮的样子了。

清洗饭甑子之前的几天，母亲已把坛子里储存的糯米取出一些，淘净，泡进木盆。坛子里的糯米是为年节准备的，过年少不了的冻米籽、甜酒、年糕、糖糕都得用糯米来做。做冻米籽的糯米泡得时间最长，要在木盆里泡上六天六夜，一直泡到骨子里的坚硬有了水的柔韧，方可置入那只有着巨大胃部的饭甑子。

将糯米入饭甑子蒸熟的那天我赶早起了床，嘴里呼着一团团白气，兴奋地跑前跑后，帮着母亲抱柴火、烧锅。母亲看起来也

是有些兴奋的，又有点说不出的紧张，双手在围裙上不停地揩着、揉着。锅里的水烧得滚沸了，母亲才放下手里皱巴巴的围裙，将饭甑子端进锅里，拿过一把洗净的秤杆，竖起来，在装了糯米的饭甑子里小心地戳出几个洞眼，将桶盖盖上。

盖了桶盖的饭甑子上面得压上一把刀——这是上辈人传下来的讲究，说是可以避邪。

避什么邪呢？我问母亲。母亲也讲不清楚，只说这样蒸出来的糯米饭不会夹生。

只是有时候在桶盖上压了刀还是不管用。当母亲揭开桶盖，看到饭粒中间有着碎白点儿的糯米饭时，脸色都变了——怎么会是夹生饭？母亲不相信自己的眼睛，舀出几粒放入嘴里，嚼了一下，硬生生的口感告诉她确实是夹生饭。

母亲难过得说不出话来。

母亲的难过并不在于夹生的糯米饭做不成冻米籽——在乡下有个迷信的说法，若是做冻米籽或甜酒的糯米饭蒸夹生了，将预示着来年家里的运势不佳。母亲是小学教师，也算是个有文化的知识分子了，虽然明白这些迷信的说法没有依据，心里仍然摆脱不掉一层莫名的恐惧。

好在大多数的年末，饭甑子都争气，给母亲蒸出了很像样的糯米饭。看到母亲在揭开桶盖时脸上放出的粲然一笑，我趁机举起早已端在手里的蓝边碗，母亲将捏好的两个糯米饭团丢到碗里，“等不及的好吃佬，蘸点白糖吃去吧。”

饭甑子蒸的糯米饭团真是香啊，又香又有筋道，哪里还用蘸白糖呢，我很快便将两个鸭蛋大的饭团消灭。

做冻米籽之所以要在冬至的节气以后，是因为这时的气温已近零度，蒸熟的糯米饭不会变质。母亲将饭甑子里的糯米饭倒进竹匾，用筷子一点点地拨开，摊平，端到通风的阴凉处晾着。

三天过后，等糯米饭风干得差不多了，用手将它们轻轻揉开。揉开的糯米饭又变成一粒粒的米粒状了，水晶般晶莹剔透。

变成米粒状的糯米饭此时就有了一个新的名字——冻米籽。冻米籽要拿到太阳地里晒透，直到骨子里的水分被太阳吸收，恢复到入水浸泡之前的坚硬。

整个做冻米籽的过程中我最不喜欢的就是最后这个环节——晒冻米籽。母亲总让我在这个时候扮成看守冻米籽的稻草人，长时间地站在一溜摆开的竹匾中间，吓唬麻雀，轰赶那些探头探脑的鸡们。

没有比看守冻米籽更枯燥乏味的差事了，我时时地想着逃开，去和邻居家的女孩玩捉迷藏、跳房子。母亲看出我的不耐烦，便抓了一把冻米籽，在锅里炒成白胖香脆的冻米，用碗盛了放我手里，看我大把大把地往嘴里塞时说道："是不是很好吃啊？你要是不看着，冻米籽就会被麻雀吃个精光，到过年你就吃不到冻米糖了。"

母亲的法子很管用，我端着那碗香脆的冻米，嘎巴嘎巴地嚼着，乖乖地将稻草人继续扮演下去。

冬天，以特寒为佳

冬至过后，每晚用热水泡脚，钻进被窝，还是觉得冷。

冷得睡不着，就抓过《枕草子》，想看看清少纳言对冬天的感觉是怎样的，在目录中找到《冬》，翻到 158 页，看到一行字：冬天，以特寒为佳。

《枕草子》算是我的枕边书，也不常读，偶尔在睡前翻两页，困倦了就顺手一丢。

《枕草子》里的文字是悠闲的，是一个人的自言自语，还带点任性和撒娇，透着闺阁气。我并不喜欢闺阁气的文字，但我喜欢清少纳言笔触的轻淡，不把文章当文章写的自在随意。读她的文章就像在听她说话，说四季物候，说日常中细小而有意思的事，语气温和优雅，话多就多说几句，话少就少说几句。做她的听众和谈话对手是轻松的，没有压迫感。

可能是出于对字纸的珍惜吧，清少纳言的文章篇幅不长，最

长不过千字，短的只有一行，比如她写冬的文章，就只这一行，数了数，七个字。奇妙的是，这七个字在读过之后，就迅速让我与冬夜的寒冷化敌为友了，心里有个声音应和着：可不是嘛，冬天就该是这样的，就该霜花挂窗，滴水成冰，一场雪接着一场雪。

冬至后入九，河面开始结冰，早晚走在路上，寒风像长了毛刺的荆条，刮擦着人的脸，擦得两颊生疼，耳朵也失去知觉。冷虽冷，空气却是特别得好——尤其是霜雪之日清晨的空气，最为清冽，凉冰冰地贴在眼皮和鼻尖上，说不出来的舒服。深呼吸一口，脑瓜子里浑浊的东西一下子就没了，清醒又空灵，眼眶也舒服地湿润着，简直能冒出清泉来。

温度到了零度以下，玻璃上就会结霜花。如果说雪是童话，那么霜花就是诗，有透明的触角，有花朵的形状，有细小又尖锐的芒。

温度再低个几度，雾凇就挂满山野了。

不知道清少纳言有没有见过雾凇，应该看到过的吧，或许她关于冬天的那行字，就是在看过雾凇之后写下的，她只能写下这一行字，而不能有更多的语言来描述。过于美丽的事物和过于痛楚的事物一样，教人失语——我是有过这样体会的，心里收藏着很多美的景致，是自然在毫不经意的时刻赐我一见的美，我只能在静穆中领受这些美，用精神收藏，而无法用文字表现。在大美和大痛面前，文字是弱的。

皖南徽州的温度最低也不会低于零下 10 度，和东北、新疆那些动不动就零下几十度的地方比起来，几乎算不上什么，更称不上特寒。

难以想象零下几十度的“特寒”是怎样的，那里的人又是如何过冬的，会不会像熊那样，裹着暖和的毛皮，在大雪覆盖得只剩下烟囱的屋子里，围着火炉，抱着杯子，不停地吃啊喝啊，喝醉了就在火炉前跳舞，跳累了就睡。长长的一觉睡醒之后，透过窗子再看外面，春天已驾着阳光的四轮马车，悄然降临。

冬天已走在那根钢丝上
灌满风声的耳边
死亡消息，如野鸟扑窗

一场又一场的寂静里
你踩着薄冰，穿过广场

杂木林与芒草

入冬后，只要天气好，午间休息时就拎着相机去上坡村。

上坡村很小，十几户人家散落在湖湾边上，一条小路与外面连接，车子是开不进去的，路太窄了，自行车倒可以骑——如果车技够好。住在湖湾里的人家，主要的交通工具还是木舟，每户人家都有一只小木舟，静静地泊在湖湾。

从我上班的地方到上坡村约四十分钟，要翻过一座小山。我走得很慢，走到山顶时，找一块石头坐下来。

从山顶可以看到村落和湖湾的全貌。

湖湾在冬天看起来很平静，毫无波澜。湖水的颜色时而宝蓝，时而群青，时而银灰，倒映着深邃又空无一物的天空。

坐在山顶能听到村里的动静。有次，听到村里人家传来很夸张的笑，嘎嘎嘎，几乎有点神经质，走进村子，才知道那并不是人发出来的，而是家禽在后院的叫声。另一次，听到村后林子里咿咿呀呀的黄梅调，寻声走过去，见地头摆着一只收音机。收音机的主人手握锄头，正弯腰锄着草。一边听戏一边干活，解了乏又消除了寂寞，确实是劳逸结合的好办法。

村里看不到年轻人，估计是在外面打工，或搬到城里去住了。有几间屋子长年挂着锁。真是可惜，这么好的地方，房子空在那里没人住，太可惜了。

吸引我一次次来到这里的，是湖湾边的一片杂木林。刚入冬时，杂木林的颜色如盛夏的火烧云，浓艳，斑斓，毫无冬天的萧瑟感。走进林子，才发现地上已有了厚厚的落叶，还有说不出名字的落果。

杂木林与湖水交接的地方生长着芒草。入冬后，芒草一天天地变白，仿佛落云，又似堆雪，也似白鹭家族在湖面的聚集，或

静立不动，或翩然欲飞。也就明白为什么古人喜欢将芒草搬到宣纸上，写进诗词——它们长在水边，天然的就是一幅画，一首诗。

芒草在湖里的倒影别有风致，有梦境的迷离感，一种复调的美。此种情景，如果让日本风景画家东山魁夷见到，定会欢喜不尽，会在村里借一间空房子住下，在湖边支起画架，一天天地画下去。

我有一本东山的散文集，有一章曾写到过芒草："下雪的时候，雪花从芒草的下方渐渐堆积起来，它依然挺立不倒，最后被完全掩埋在雪中。雪融化了，它探出头来，就这样留存在春天里。我被芒草这种尽管柔弱，却不违抗命运而经得起磨难的形象深深感动。"

在那本散文集里，东山魁夷还写道："我们认识风景，是通过个人的眼睛而获得心灵的感知。严格地说，也可以认为谁的心中都不存在一样的风景。只是，既然人类的心灵是可以彼此相通的，那么我的风景就可以成为我们的风景。"

我来到这偏僻的湖湾村落，就是因为，它是在我心灵里早已存在的风景。我一次次的到来，不过是对心灵风景的认领。

杂木林的冬天来得缓慢。叶子落尽时已是小寒节气。此时走到湖湾，很容易就想到"万树寒无色"的诗句。落尽叶子的杂木林，就是无色的寒木了。

不，它们并非无色，它们的颜色此时更为庄严、凝重。它们在岁末静立的样子，分明是画中水墨，雪中玄骨。

湖边女人

第一次见到女人是秋天，在湖湾边上，我端着相机沿着堤岸走走停停，捕捉着秋景，转过杂木林，一个衔着草叶的小男孩出现在我的镜头里，接着就看到蹲在竹排上洗衣服的女人。

女人背对着我，看不见她的脸，只看见她的大麻花辫子垂在后背，随着搓洗的节奏不停摆动，时而滑过肩头溜至胸前，女人放下手里的衣服，捉住辫子往背后一甩。

竹排边上泊着两只小木船。小男孩在草丛里玩了一阵子，有些无聊，就爬上了其中一只小木船，用力晃动，当两只小木船靠拢后，小男孩又想跨过船舷，爬到另一只小木船上去。

我在不远处，拉长镜头紧盯着小男孩，担心小男孩跨船舷时会掉到水里。小男孩四岁左右，身子小，而船又随着水波不停摇晃，有几次我觉得小男孩就要落水了，想大喊，提醒他身边的村妇过去制止，又怕我的喊叫惊吓了小男孩，反倒会让他落水。

女人知道小男孩在船上，但她似乎一点也不担心，仍然面朝着湖水洗衣服，挥动榔槌在石埠上捶打，声音很是有力，传到对岸，回音又顺着湖面荡过来。

很快，小男孩发现了我这个突然出现的陌生人，端着一个黑乎乎的东西对准他，面孔露出不安的神情，从船上爬下来，走到女人身边说："那里有个人。"

女人这时才扭过头来，望向我。从镜头里我看到女人额头宽阔，双颊饱满，肤色像吸足了太阳的麦子，很健康，五官也耐看。

"不怕，是拍照片的阿姨，在跟你招手呢，过去看看。"

小男孩盯着我看了几秒钟，有些腼腆地走过来。我蹲下，给他看相机里刚拍的照片。

“这里面的人是谁呀？”

“是我是我！”小男孩对自己在相机里的样子又惊奇又开心。

跟我熟悉后，小男孩天性里的顽皮劲一下子打开了，不停地说着我听不明白的话，在草地上奔跑，让我追他，领我看他发现的“宝藏”——几只被水冲到芒草丛里的空瓶子。

女人洗好了衣服，唤回小男孩，“跟阿姨说再见，我们回去了。”小男孩走到女人身边，像个不情愿的小尾巴，穿过杂木林向家的方向走去，走几步又回头看看我。

女人的家就在杂木林外的一片空地上，两栋房子，一新一旧，紧挨着。房子背山面湖，屋前有几畦菜地，有花圃和果树，花圃收拾得整齐，一大片正在盛开的鸡冠花临湖而立，像静止的火焰，喧哗又静寂。

后来，每隔几天我会来这湖湾走一趟，有几次听到女人在屋里和小男孩的对话，带着家长常有的训斥口吻。更多的时候，是长久的安静，屋门半掩，看不到人影，听不到人声，只听见杂木林里鸟儿起劲的鸣叫，湖风翻动树叶，水浪拍打湖岸。

天气好的时候，女人家的院落里总是晒着东西，鞋子、被褥、各种干菜、洗干净准备腌制的白菜和萝卜。女人家的新房子是仿欧式，三层楼，双开的防盗门，门口有两根罗马柱。站在门口向里看，屋里的装修也是很讲究的，干净整洁，毫不逊色于城里的人家。

比起新盖的楼房，我更喜欢她家的老房子。老房子是平房，青石门墩，贴着铜锁扣的木门，木窗槛，屋檐低矮，斜靠着两根竹竿。我留意了几次，竹竿上晾晒的衣服只有女人和小男孩的，显然，家里只住着娘俩。

这么大的房子，只住着一大一小两个人，实在是太清寂了。不过这清寂正是我喜欢的——我之所以频繁地来这里，就是被这里独守一隅的清寂吸引了。

到冬天再来这里，遇见女人的次数就多了，她总在忙碌，在院落边的水池里洗洗涮涮，阳光照着她，将她的双颊晒成很好看的“高原红”。

有次，女人在院落里干活，小男孩在屋子里找不到她，就大声叫唤，带着惊慌的哭腔。

“你儿子在喊你。”我走近女人，对她说。

她抬起头，笑道：“噢，不是我儿子，是我孙子。”

“孙子？你这么年轻……”

“哪里还年轻啊，快五十了。”

“怎么没见过你儿媳妇啊？”

“儿子和儿媳妇都在外面打工，一个在南京，一个在上海。”顿了一下女人又说道，“我老公也在外面打工，到年底了，再过半个月他们就要回来了。”

村妇说话的时候脸上始终带着笑意，细看她的两鬓，确实已有不少白发。

过了几天，我又带着相机来这里。村妇这天不知从哪里挖来很多葛根，有碗口那样粗，堆满了水池和几只塑料桶。

“真能干呀，这么粗的葛根，要多大的力气才能挖动。”

“昨天把孙子送到我妹妹家了，让她照看一下，上山挖了一天。儿子和儿媳妇喜欢吃葛粉，给他们准备一点。”

院落里还晒着一些葛根片，村妇说是给她老公准备的，“我老公血压有点高，晒点葛根片，给他泡水喝。”

“他们快回来了吧？”

“嗯，还得有几天，说工钱还没有结清。”

女人说到这儿忽然指着门前，“你看那棵蜡梅树，开得像是要着火一样。”

顺着她的手指看去，还真是，在冬日正午的阳光下，门前那棵蜡梅树光焰赫赫，简直要发出噼啪的声音来。

“我的名字就叫蜡梅，生在大雪天的日子，我妈看着门口开花的蜡梅树，说这丫头就叫蜡梅吧。后来结婚，我老公在门前种了这棵树。再过两天我就满五十啦，这棵树也有三十年了，和我一样，老啦。”

女人笑起来，面颊彤红，对自己突然的感慨有点难为情起来。

“我采几枝给你吧，这花开得时间长，不容易谢，放家里很香的。”

正准备采蜡梅时，女人的手机响了，是她丈夫打来的，说工钱已经结清，明天就回来。

月明浑似雪

小寒后几日，是冬天最冷的三九天。

浦溪河的水已结了冰，第一个去河边的人，得先用石头将冰面敲开。

很多年前，父亲尚且年轻的时候，总是第一个去村庄的河边，肩上挑着水桶。当父亲的脚步声跨出门槛，我就醒了。

我的听觉在清晨极其敏感，好像耳朵里有一双眼睛，仅凭听到的声音，就能看见父亲挑水的姿势，在河里用力击碎冰层的样子。冰裂开的声音在清晨听起来有些惊心，又有说不出来的痛快，仿佛平日里压抑了很久的东西被砸碎击穿了。

有时我还能听出父亲脚下的一个趔趄——泥路也是结了冰的，稍不留神就让人滑倒。

母亲拎着洗衣篮去河里时，我已经起床，吃完饭也去了河边。太阳升出来了，河面上水汽袅袅，我在母亲对面蹲下来，手伸出来，

刚碰到水就哎哟一声——真痛啊，被什么狠狠咬了一口的痛。

造出“柔情似水”这个词的人，一定是没有在三九寒天去过河边，没有把手伸到河水里过。这个时候的河水是长了牙齿的，坚硬又锋利的牙齿，被这河水咬上一口，能让人痛得缩成一团。

不过只要把这一阵痛忍耐过去，手的知觉就会慢慢回来，一篮子衣服洗完，双手就热乎了。人的坚忍化解了冰河的坚硬，河水不得不收起它锋利的牙齿，败下阵来。

过了腊八节，天气晴好的日子，浦溪河两岸就蹲满了人。村里的主妇们恨不得把厨房搬到河里，从里到外洗涮一遍，仿佛这样洗过之后，积垢和晦气就顺着河水流走了。在新的一年里，什么都要是干净的，明亮的，人的心里也是这样，该打扫的打扫，该清除的清除，不把邋遢的、乱糟糟的东西带到新的一年里去。

浦溪河桥边有一片浮出水面的浅滩，滩上是茅苇丛。夏天总有几只长脚秧鸡在茅苇丛里躲着，钻来钻去，发出求偶的叫声。到了冬天，秧鸡的声音就听不见了，不知道它们去了哪里，只有茅苇仍旧在浅滩上站着，像是发呆，又像是在等着什么。

昨晚赴朋友的家宴，晚归，过桥时发现河里落雪了。那么大的雪，白茫茫，落在河的中间。

是什么时候落下的雪呢？为什么只落在河里而没有落在别处？

突然起风，雪变成了月光，在河面摇摆，发出呜呜的声音。当风停下，月光又变成雪，在岁末的冰天寒地里，寂静又苍凉。

“月明浑似雪，无处认渔家。”（雍裕之《芦花》）

那一刻，不知今夕何夕，不知身归何处。

山里下雪了
落在树上的雪很轻
落在石头上的雪很白
落进湖里的雪
转眼就消失。看不见了

看不见也没关系
就像我，已经很久没有见过你
也没关系

当山中又一年的雪落下
在湖边
在干净得没有一个人走过的路上
还是会想起
初见时的你

腊月黄天

中午走在湖边的村子里，看到人家屋檐下挂的年货，晒得滴油的腊味，想起“腊月黄天”这句话。

“腊月黄天”是乡村的老话。小时候，一到快过年时，家里的大人就会警告小孩：腊月黄天的，可不准乱说话。若是小孩无意中说了不吉利的话，大人赶紧呸呸地往地上吐口水，口袋里抽出一张草纸来，在小孩的嘴巴上使劲抹：拿草纸擦干净，擦干净，小孩说的话是放屁，当不得真。

这样做了一番，那不吉利的话招来的晦气就化解了。嘴巴被草纸擦过几次后，小孩长了点记性，知道“腊月黄天”里是不能乱说乱动的，会冒犯神灵。至于会冒犯什么样的神灵，有什么样的后果，小孩并不明白。

“腊月黄天”是什么意思，小孩照样也是不明白的，为什么要说“黄天”，而不说“雪天”或“白天”？小孩不明白的事很多，也不敢多问，问多了就是讨骂——不过在腊月里，大人也不像以往那样动不动就骂人了，顶多说一句：去，一边去，腊月黄天的，别挡在这里烦人。

当大人把腊月黄天这句话挂在嘴边时，离过年就不远了，眼巴巴盼了很久的东西——好吃的，好玩的，就都热闹地排队等在那里了。这样一想，小孩心里便按捺不住地兴奋，想蹦跳，想撒欢，想像小狗一样去屋外的雪地里打个滚。

那时腊月里的天总是覆着云层，少有晴朗的日子，直到云层凝成铅块，受不住自己沉甸甸的重量，变成雪的形状落下来，厚厚地堆满整个世界，才会见晴。晴了不到两日，云层又呼呼地生长起来，接着又是雪天。

天晴的日子虽不多，却是很有意思的，雪一停，天就蓝了，蓝得让人发愣。阳光照在雪地上，溅出千万道银线，晃得人眼睛都睁不开，把泪星子也逼出来了，很快就冻成了霜花，颤颤地挂在睫毛上。走在雪地里，每呼一口气就腾出一团白雾，张嘴说话时雾气更大，飘啊飘，真是神奇。吐了很多口白雾后，就觉得自己也是神仙了。

小孩和小狗一样，见不得雪，一到雪地里就发疯，你追我我追你，扔雪球打雪仗，在雪地里滚成一团，滚成一个个的雪人。腊月里的雪是干雪，粘在身上跟面粉一样，掸一掸就会掉下来，不像春天的雪，很快就化成水。

腊月里的雪也很容易上冻，过了一夜，就冻得硬邦邦，踩在上面，脚一滑就摔倒，摔个四仰八叉，爬起来，没等站稳，又一滑，又摔一跤。好在小孩骨头软，怎么摔也没事，不像大人，摔

一跤要痛上好几天。

老人就更经不起摔了，因此一到腊月，老人就只在家里焐火桶，天晴的时候，就在门口坐着，抽黄烟，靠着墙根晒太阳。

一进腊月地里就没什么农活了，山上也不去——烧锅柴在进腊月之前就已准备好，整齐地码在后院。这时大人们只在厨房里忙碌着，杀猪腌肉，熬糖做粿，蒸糯米酿甜酒，磨黄豆做豆腐，豆腐做好后再切成块，煎豆腐泡……总之事情做不完，不到年三十都歇不下来。

大人把腊月里做的事叫“忙年”，这样热火朝天地忙着，才显出日子过得殷实、兴旺。到了正月，就不用忙了，穿上新衣服，走亲访友，喝喝酒拉拉家常，家里吃的喝的都是现成的，也是一年中最好的。

雪里已知春信至

到了大寒的节气，就会想起安乐先生的《大寒吟》：

旧雪未及消，新雪又拥户。
阶前冻银床，檐头冰钟乳。
清日无光辉，烈风正号怒。
人口各有舌，言语不能吐。

这是北宋时期的大寒。现在的冬天已难得落一场像样的雪，即便在温度偏低的黄山北麓，也很少看到“旧雪未及消，新雪又拥户”的情景。

今年入冬后下过两场雪——落地就化的雨夹雪，只让人感到蚀骨的湿冷，没有雪天的喜悦。眼看就要立春，而天气预报里，未来一周都是阴雨天气，真让人沮丧。看来今年冬天就这样过去了，

不再有期待中的雪了——那种可以用手接、捧，可以走进去留下脚印的雪。

就在我对等待中的雪迟迟不来感到失望时，老天却出其不意，让一场瑞雪悄无声息地降临。早起推开阳台门，看见对面屋顶厚厚的积雪，忍不住惊呼：“哎呀，雪！”

雪还在安静地下着，不疾不徐地增加着积雪的厚度。伸出手去，雪花落在掌心，如碎银，精致又薄脆，眨眼就融成了水珠。路上有两三行人，提着篮子，撑着伞，小心地踩在雪地上，向菜市场的方向走去，将脚印清晰地留在身后。

我居住的小区是比较老的，房屋墙壁斑驳，空中电线纵横，像毫无章法的蜘蛛胡乱结出的网。但是现在，当雪将电线包裹起来，将房屋和雨棚戴上干净的雪帽子，将路上行人的雨伞敷上一层薄白，让他们缓慢地走在雪地——这场景就有一种隽永的味道了，如同上个世纪三十年代的黑白老电影。

是雪简化了世界，让世界有了古老的诗意。

烧水，洗脸，用开水冲了一碗葛羹吃下。这中间又去了几次阳台，雪落得更大，依然安静，一点声音也没有。不仅雪落下来没有声音，整个世界的声音也都消失，似被雪吸纳，又似屏住了呼吸。

在这样的雪天，该做些什么？做什么才不辜负这场雪？堆雪人打雪仗，那是小时候做的事，现在是不能了。围炉煮茗——这样的雅事，一个人做有些寂寞，至少得有两三好友吧。

什么事适合一个人在雪天做呢？去雪地漫步，带上相机拍雪景吧。

想起几天前在南山公园看到的一树红梅，已开得浓艳，这时去拍应是最好的。小区门口的梅花也打了很多花骨朵，绿莹莹的，昨天从那里经过就看到了，当时想着，等阳光好的时候来拍，没想到过了一天竟下起雪来。这样更好，有雪映衬的梅花更有韵致。

今年梅花开得比往年略早。记得往年梅花是开在春节后，而今年，刚进腊月梅花就等不及地开了。

早开的也不只是梅花，一周前在湖边村子里漫步，看见油菜地里已开出几株黄花来，真叫人诧异，仿佛春天已提前降临。在村口还看到一只草蜢，孤零零，匍地而卧，个头不像是新生儿，很可能是受正午融暖的阳光蛊惑，从巢里钻出来的吧。

说早，其实也不早了，转眼就要立春。这些天的清晨都是在鹑鸪鸟的叫唤里醒来，即便是雪天，它仍然起劲地叫着。当人还在冬天的氛围里瑟缩着的时候，自然里的事物，早就以它们的敏感，准确地感应到春的讯息，迫不及待，将这讯息以各自的方式发布出来。

雪日访山

忽然听到了鸟鸣，在头顶。

很快从竹林传来呼应，毫无怯意，犹如刚化冻的溪流，绕林三匝，明亮而喜悦。凝神静听片刻，仿佛春天已在跟前。

此时是冬天最凛冽的时候，刚下过一场大雪，山涧石壁上，悬着一排排冰锥，像长了锋利尖长的牙齿。路边的落叶小乔木，没有多余的负重，虽被冻雨、冰凌裹得严严实实，倒也无碍。竹子的命运就不一样了，那么多竹子，无以计数的竹子，每一根都弯下了腰，如同抱住自己脚踝的人，将头低垂，抵住脚背。

山谷中不时传来爆响，“呯啪”，随之腾起一片雪粉——某根竹子不堪雪的重负，拦腰断裂了。

雪后的温度总是低的，山谷的温度更低，好在没有风，倒也不觉得冷，攀爬到半山腰时，身上出了细汗，只是不能停，停下来就冷了。但我又必须要停下来，走一段路就要停下，被眼前的风景喊停，打开手机，将那些白皑皑的雪峰、雪石、雪林、雪瀑、冰潭、琉璃树木、水晶花果，拍摄下来。大自然的造化之美，能亲眼得见，也是生命的奖赏，不能辜负。

这山谷其实是大峡谷，在黄山北麓，是离我居住的甘棠小镇最近的峡谷，以前也曾来过，春天，夏天，秋天，都来探访过。而冬天，腊冬雪日来这峡谷，这还是第一次。

峡谷是山的皱褶，是对垒山峰之间的缓冲地带，是水流的砚床，也是古时人们由此进入秘境的通道。记得这峡谷以前叫飞龙瀑，现在或许还叫飞龙瀑吧？以瀑为峡谷命名，可见这瀑布的不同寻常。但这峡谷间有多处瀑流，不知道飞龙瀑究竟是哪一处。

早上出门的时候还是犹豫的，想反悔，这么冷的天气，在家烤火，读书，喝茶，写字，听音乐，多好。去山里——并且是去峡谷登山，这不是自找苦吃吗？大雪天，走平路尚且艰难，不小心就滑倒，何况还是陡峭的山路。但之前已和同伴们约好，临时变卦的话，实在出不了口，再说别人都能进山，为什么我就不能？

事实上，山里的路并不难走，以为难走，不过是自我在想象中设置的障碍。越是坑洼不平的路，越不容易打滑，容易打滑的倒是过于平坦的路。我尽量往深雪里走，往别人没有走过的地方走。若是踩着别人的脚印，或走在看似没有雪的地面，反倒容易滑倒——雪踩结实了之后就会结冰，踩在冰上，身体就不容易保持平衡了。

山里的积雪很深。“雪落高山，霜打平原”，比如这场雪，在城里只剩下薄薄的一层，无法造景，到山里就是另一个世界——从进入山门开始，便如同进入古代，进入唐、宋，或更古老的时空，

进入“千山鸟飞绝，万径人踪灭”的空无禅境。

但这山谷里，并没有“鸟飞绝”。听到鸟鸣时，已走到一面跌宕的瀑布面前。瀑布的水流并不大，像是冻住了，崖壁上垂挂着冰柱，两边的竹林全都覆着冻雨和雪。忽然想起，这就是飞龙瀑——几年前，曾与密友在这面瀑布下留过影，是春末夏初，梅雨季，笋已长成新竹，黄山杜鹃开至尾声的时候。

此时我又站在飞龙瀑的潭边，抬头，想寻找那几只在凛冬歌唱的鸟，看看它们长得什么样子。听鸣声，应该是小巧的，有好看羽毛的——就像翠鸟那样。

但我并没有看见它们。它们被竹林隐藏起来了，被躬着腰身的竹子保护着，当它们于寒冷和饥饿中苏醒，透过竹叶，看见雪停了，就禁不住喜悦，鸣唱起来，给同类打招呼，报平安，相互鼓励：天已转晴，冰将化水，春天不远了，不远了，不远了。